BUENA ALUMNA

Tour de force, 13

Paula Porroni

Buena alumna

editorial minúscula
BARCELONA

© 2016 Editorial Minúscula, S. L.
Sociedad unipersonal
Av. República Argentina, 163
08023 Barcelona
minuscula@editorialminuscula.com
www.editorialminuscula.com

Primera edición: octubre de 2016

Diseño gráfico: Pepe Far
Ilustración de la cubierta: © Margarita Browne Ciampi

Preimpresión: Addenda, Pau Claris, 92, 08010 Barcelona
Impresión: Romanyà Valls

ISBN: 978-84-945348-3-6
Depósito legal: B-20.443-2016

Printed in Spain

Primera parte

Lunes. Día de comienzos. Alquilo un cuarto por seis meses en una zona alejada del centro y de los estudiantes. El cuarto es chico y frío, amueblado con restos, basura que otros tiraron a la calle y que la casera recogió. Una silla con ruedas que no se desliza, un escritorio demasiado bajo.

Limpio los estantes adentro del placard. Saco la cortina barata, de nylon, y la guardo en el último cajón de la cómoda. Ahí no pongo nada más. Sobre una repisa, despliego las postales que traje de Argentina. Después le escribo a mamá, *Hola, llegué. Estoy muerta. Hablemos mañana. Saludos.* Aunque no estoy cansada, no quiero hablar con mamá. No quiero interrogatorios.

Con una copia de mi currículum y otra del pasaporte, recorro los pubs y negocios de este pueblo inglés. Es el pueblo de mi vieja universidad. Donde estudié historia del arte. Camino rápido, golpeando las suelas de las guillerminas contra la vereda, mientras en la periferia del ojo voy registrando las transformaciones. Poco o nada cambió desde que vine a estudiar. Todo es igualmente hermoso, perfecto. Los antiguos colleges de piedra clara. El césped brillante de los grandes patios, cortado al ras, en franjas de distintos tonos.

Consigo un trabajo en una librería universitaria. Este es un empleo temporario, sin valor. Camino a la casa, compro un sándwich de atún y me siento a comerlo en un parque vacío. Tres cisnes blancos entran y salen de la niebla que envuelve el estanque. De repente, de la nada, siento un hormigueo en las manos. Dedos meñique y anular. El veneno corre por mis brazos, sube a la garganta, y yo aprieto los dientes hasta que pasa el instante. Sé muy bien que ya no hay lugar para el miedo. Tampoco para la debilidad. Porque estoy frente a mi última oportunidad para crecer y desarrollarme. Antes de que sea irremediablemente tarde. Es decir, el momento en que mi cuerpo se reseque por completo. Mamá dijo, *Un año. Puedo ayudarte solo un año más.* Y si fracaso, me arrastra de vuelta a Argentina con ella. Por eso es mi deber encontrar un camino. Encontrarme. Voy a progresar. Mi vida no va a atrofiarse, como la de tantas otras. Mamá diría, talento que se malgastó. Potencial lanzado por la borda.

Termino el sándwich. Arrojo las migas al agua, lejos. Me prometo que voy a ser mejor.

En poco tiempo, me olvido de mamá, de Buenos Aires. No es necesario forzar una transición. Todos estos años en la casa con mamá. Desaparecen.

Es octubre. Empiezan las clases y los estudiantes regresan a la universidad. Los observo de cerca desde mi puesto en la librería. Los estudiantes traen de sus casas valijas pesadas. Alrededor del cuello, llevan las bufandas de los distintos colleges a los que pertenecen. Es fácil reconocer a quienes están empezando sus cursos. Estos estudiantes, los de dieciocho, tienen caras más redondas, las pupilas dilatadas por el miedo. Compraron los buzos con el escudo de la universidad. El león rampante con su melena de fuego. De noche, estos mismos estudiantes son la mayor amenaza. Huelen la soledad, el vacío. Es preciso evitarlos, no enganchar la mirada a la de ellos. En grupos, a veces disfrazados, entran y salen de los distintos pubs. Uno tras otro. *Pub crawl,* se dice en inglés. Hasta quedar inconscientes, perder el control muscular y ensuciarse la ropa o los disfraces.

Vuelvo a comprender que en el pueblo la vida gira en torno a los estudiantes. También el tiempo. El tiempo, en el pueblo, se rige por el calendario de la universidad. No hay estaciones ni meses. Solo trimestres. Fiesta de San Miguel, Cuaresma, Pascua. Y los únicos días importantes son los de examen.

Desde que volví, no hablo con nadie. Los estudiantes de mi camada se fueron al terminar la carrera, la mayoría hacia Londres. También Anna. Iba a empezar su primer trabajo, obtenido en parte gracias a los contactos del padre, en parte gracias al nombre de la universidad.

Espero algunas semanas antes de iniciar la verdadera búsqueda de empleo. Quiero extirpar de mí todo resto de vacilación. Mientras tanto, corro. Me entreno. Corriendo ejercito este cuerpo que aún no triunfó. Corrijo mis muslos delgados y flojos. Revivo mis manos surcadas de venas. Frías, a causa de la mala circulación. Manos de cadáver. Que a veces papá examinaba después de cenar. En esos momentos, papá observaba con mucha atención cada dedo, seguía las líneas que se cruzan en la palma. *Se nota que nunca levantaron una pala ni agarraron un martillo*, decía. Papá se reía. Y su risa era como una tos.

En la cama, me barnizo las uñas con esmalte transparente. Tengo los bordes de los dedos mordisqueados. En carne viva. Y un callo en el dedo mayor de la mano derecha, la que desde la infancia sujeta marcadores y lapiceras.

Abro una carpeta en Word y la llamo *Nuevos trabajos*. Tengo un buen presentimiento. Es una sensación tibia, reconfortante, que debería poder preservar. Reviso las páginas del Departamento de Conservación de Patrimonio y la del Consejo de las Artes de Inglaterra, y copio en un documento los requisitos de algunos empleos. Cotejo con mi currículum y marco en celeste los requisitos que cumplo. En amarillo, destaco los que no cumplo. Si un trabajo tiene más de dos requisitos amarillos, significa que mi formación o aptitudes son insignificantes para ese empleo. Presentarse, entonces, sería una pérdida de tiempo. Rápidamente, la hoja se salpica de amarillo. Se trata de cargos medios, tal vez los que me corresponden por edad, pero me falta experiencia.

En internet, reviso los clasificados de los diarios. Abro las descripciones de puestos en museos, galerías y revistas. Cuando no encuentro nada, en el buscador pongo *castellano*, *arte* y *Sudamérica*. Solo hay empleos como profesora de lengua, que inmediatamente descarto. Enseñar idiomas es humillante. Es lo que hacen las personas no preparadas. Los que no tienen talento ni educación. Mamá los llama *gente sin suerte*. Voy a la página de mi universidad y entro a la sección para graduados recientes. Repaso los puestos para el nivel inicial, y encuentro una larga lista de prácticas en galerías y casas de subasta. Ninguna de estas prácticas es paga. Y mientras leo las descripciones, vuelve a mí el veneno, y pienso que daría todo por tener otra vez veintidós, veintitrés, y así poder presentarme a este tipo de trabajos. Porque los directores de las galerías y los museos ahora jamás me seleccionarían. E incluso si me tomasen, las otras pasantes, menores, se encargarían de destruirme.

Aunque llueve, salgo a correr por el campo hasta el pueblo siguiente. Prendo el iphone, troto, y por el sudor me vacío hasta que solo la música me atraviesa. Solo el ruido fluye por mi cuerpo, formando una red pegajosa, un nervio otro, que absorbe el verde de las colinas y el azul claro del cielo. Por el río pasan botes con estudiantes que practican remo para la competencia de abril, y yo contemplo esas figuras blancas, casi traslúcidas. Observo cómo los movimientos de brazos y piernas se sincronizan hasta lograr una máquina perfecta.

Vuelvo con los pies mojados, y al sacarme las zapatillas presiono los dedos contra la alfombra sucia que cubre el piso de mi habitación. A causa del frío, los dedos se entumecieron, y por un segundo dejo caer en un pie todo el peso de mi cuerpo. Solo un instante reviento los dedos. Cada minúsculo hueso. Apenas un milisegundo me dejo llevar. Me baño rápido. Prometo que voy a esforzarme. Más. Más. Voy a salir adelante.

En la librería hay pocos clientes, y mi compañero de turno cuelga adornos de Navidad. Mira constantemente el reloj que está arriba de la puerta. A la una en punto, saca de su mochila un tupper con un líquido amarillento. *Bueno, bueno*, dice. *Te dejo defendiendo el fuerte*. Este es su chiste, día tras día. Yo abro mi mail y después miro un video de bebés y animales. Gatos y perros de distintas razas huelen y lamen las cabezas rojas de una variedad de recién nacidos. Lo miro varias veces. Sin volumen, por si entra algún cliente. Cuando me canso, abro los perfiles de Anna y Thomas en Facebook. Estudio las fotos más nuevas, los comentarios de algunos amigos. Empiezo a escribirle a Anna diciendo que volví a Inglaterra, pero no envío el mensaje. Antes de avisarle, quiero asegurarme de que no haya hecho grandes progresos desde que hablamos por última vez.

Dos mil dos. Ese año terminé el colegio. Un colegio mediocre, bilingüe inglés-castellano. Estuve en el cuadro de honor cinco años consecutivos. Al terminar, como recompensa, le exijo a mamá un viaje a Inglaterra. Escojo el país casi al azar. De Inglaterra no conozco mucho. Conozco la lengua, algo de la música. En algún pueblo del sur, un amigo de papá delira en un psiquiátrico. Papá lleva casi tres años muerto. Insisto, convenzo a mamá de que tengo que perfeccionar mi inglés. El inglés del colegio no es malo, pero tampoco bueno. *Y sin un buen nivel de idiomas, hoy en día nadie consigue trabajo.* Estas son las palabras de mamá. Sus propias palabras. Se las devuelvo en un espejo. Podemos usar lo que papá nos dejó, lo que queda de la plata de la empresa.

Persevero. Aunque sé que mamá va a negarse, mamá va a intentar retenerme. A mí, su única hija. Pero mamá acepta. Viajo. En cuanto llego a Londres, en un vagón del metro, decido que nunca voy a volver. No importa qué desafíos presente el nuevo país. De acá en adelante, mamá tendrá que sobrellevar por sí sola la rutina diaria. La imagino almorzando en la cocina pulcra. La cocina de azulejos blancos. Quirúrgicos. Mamá muerde con cuidado una porción de tarta de acelga, toma un vaso de Sprite light. En el cable, alguna serie policial. Mientras Mirta, la empleada, come en el jardín y de vez en cuando le arroja las sobras al perro.

En un instituto, hago un curso de inglés. En el curso hay chinos, rusos, vietnamitas. Hay otra estudiante argentina con la que casi no hablo. Desde Mendoza, su familia le envía frascos de dulce de leche, paquetes de yerba. Su nostalgia es risible.

Vivo en el norte de Londres con mi familia anfitriona. Mi familia inglesa, sustituta. Dos viejos pobres, sin hijos. Los dientes podridos. A mis nuevos padres les preocupa que gaste mucha agua al bañarme y que lave los platos con la canilla abierta. Pero es muy fácil manipularlos. Si llego tarde a la cena, traigo un ramo de flores para mi nueva madre, bombones rellenos de alcohol para mi nuevo padre. Y ellos enseguida me perdonan. *No tendrías que haberte molestado,* dicen, y sonríen escondiendo detrás de una mano sus dientes ennegrecidos.

Aprendo la lengua muy fácilmente. Un idioma no es más que una larga canción. Basta con estudiar la música y la letra. Suprimir los errores. Imito a la profesora, primero, y después a Anna. Y, de haber podido, habría dejado que la nueva lengua royera a la vieja. Como un ácido que desintegra. Habría dejado que la reemplazara totalmente. Yo no me resisto. Una hija abandona a su madre, a su padre muerto. A los dieciocho, puede volver a empezar. Compro ropa nueva, inglesa, más o menos cara. Uso la tarjeta de mamá. Compro Dr. Martens. No puede decirse que estas guillerminas sean de cuero. Más bien de un cartón duro, pintado, que es necesario ablandar. Mamá opina por chat, *Al final, no hay como el cuero argentino.* Y yo estoy de acuerdo, por una vez.

Evito el metro, porque solo caminando se conoce una ciudad. Recorro parques, cruzo los distintos puentes sobre el Támesis. Debajo, el río es ancho y oscuro, como un mar gris. Y mientras camino, los nuevos zapatos me van despellejando los talones, a cada paso me van arrancando la piel, y un gusto ácido y dulce me sube a la boca. El dolor me cansa. Agota. Es casi como no dormir. Y todo lo que voy viendo surge detrás de un velo, como una membrana gruesa y acuosa. Agua de un sueño en la que es posible renacer.

Mamá me envía noticias de Argentina. Continúa la crisis económica. Mamá no da abasto en la iglesia, entre las donaciones y el comedor. Mamá dice, *Por suerte, sacamos la plata a tiempo. Gracias a Dios.* Aunque también perdimos un poco.

Cuando no está en la iglesia, mamá está ahora en el banco. Contando billetes, administrando la herencia. Mamá vive en el subsuelo del banco, donde están emplazadas las cajas de seguridad.

Al terminar el curso de inglés, me presento a distintas universidades. Solo las mejores. Elijo historia del arte sin pensar demasiado mi decisión. Solo sé que a papá esta carrera le habría gustado. Por su delicado equilibrio. Papá habría pensado que garantizaba un futuro, al mismo tiempo que daba las herramientas para dejarse envolver o traspasar por la belleza del mundo.

Diciembre. El pueblo se cubre de nieve. Retomo una carta de presentación. Voy a trabajar toda la noche si es necesario. Voy a completarla. Aunque los ojos se me sequen como piedras.

> *Estimado Señor/Señora, Estudié Historia del Arte en la Universidad X. Por mi tesis de grado, obtuve una distinción. Esta tesis me permitió ampliar/desarrollar mis aptitudes críticas. También me dio sólidos/amplios conocimientos de las tradiciones artísticas de Europa y Sudamérica. Pero no solo mi formación me hace/convierte en una buena candidata para este empleo. Además poseo la experiencia laboral/aptitudes laborales correctas/adecuadas.*

Marco *aptitudes* en amarillo porque escribí la palabra dos veces. Y también aquellas palabras que al redactar la carta fui separando con una barra. La releo. Algo se detiene. Como si hubiese llegado al borde de un precipicio. ¿Qué es mejor, *ampliar* o *desarrollar*? ¿*Correctas* o *adecuadas*? Vuelvo al comienzo de la carta, pero las barras y bloques amarillos ahora me distraen. Las palabras se quiebran. Las letras avanzan a un primer plano, y se llenan de filos y ganchos. Como si fueran un jeroglífico. Pienso que tal vez la rima podría unir las palabras, pero estas cartas no llevan rima. Este es un pensamiento cómico, que piensa mi mente para aniquilarme. Miro el teclado sucio, con migas. Cierro los puños, aprieto y me golpeo con fuerza los muslos. Abro las manos. Cierro los puños. Vuelvo a golpear. Y el dolor se derrama, late en su centro un instante y se seca. Escribo, *Por otro lado oooooooooooooooooooooooooooooooooo.* Lo borro. Marco la última palabra en fucsia y guardo la carta en una carpeta, *Asistente de galería*. De reojo, miro la lista de carpetas. Trato de no contarlas, pero incluso si no las cuento sé que hay por lo menos veinte. Tal vez veinticinco o treinta.

Me pongo las botas de nieve y salgo a la calle. En un cajero del centro, saco seiscientas libras de la cuenta en que mamá me deposita mensualmente. Limosnas que es preciso racionar. Antes de viajar, mamá me advirtió, *La plata no es infinita*. Hay que gastar con cuidado. Una vez en el cuarto, escondo doscientas en el cajón de la ropa interior y bajo al sector que ocupa la casera.

Querida, dice, cuando abre la puerta. La casera italiana tiene un jogging rosado y un tapado beige sobre los hombros. Me hace pasar a una sala muy fría. Yo le doy la plata del alquiler y ella cuenta sin sacarse los guantes de lana. Guantes con dedos recortados para poder tipear. Observo los muebles. Todos distintos, baratos, como en el piso de arriba. Muebles que solo los inquilinos, un griego y yo, conocemos. Porque a la casera nadie la visita. Ni familiares, ni amigos. Desde mi cuarto, la escucho toser, a veces llorar.

La oigo cuando se desplaza de cuarto en cuarto e imagino a un ser pesado y amorfo. Un animal que se arrastra.

Al terminar de contar, la casera pregunta, *Vos también estudiaste historia del arte, ¿no?* La casera sonríe, se guarda la plata en el bolsillo. La casera dice, *Entonces vas a poder apreciar lo que quiero mostrarte.* La casera enciende la computadora y señala una foto en la pantalla. Veo un laberinto univiario hecho de mosaicos. Tal vez el de Conimbriga. La única salida es el inicio. La casera dice, *Qué misterio. Es de una extraña belleza. En mi opinión, ninguna cultura igualó a la romana.* La casera dice que está haciendo un póster para una charla en su departamento. El tema es el laberinto en el arte y la literatura. Y yo vuelvo a mirar la pantalla, los mosaicos, y en una esquina reconozco el logo de la otra universidad del pueblo. La más pobre y nueva. Una expolitécnica, fundada hace no más de sesenta años. *Estoy muy contenta*, dice la casera, dando un saltito. Y su carne flácida tiembla debajo del buzo del jogging.

Corro de vuelta a mi cuarto. Cierro con llave, prendo la música y me pongo los auriculares. Subo el volumen al máximo, hasta convertir la canción, toda la extensa línea sonora, en una aguja muy fina, de plata, que me perfora el oído. Pienso en la casera, su cuerpo rancio, y juro que no importa el trabajo que termine haciendo, nunca voy a dejar de correr. Nunca jamás voy a dejar de ejercitarme.

A las cuatro, en el pueblo oscurece. Observo la luz escurrirse hacia los rincones de mi habitación. Una luz fría y dorada que se apaga en las ramas del castaño al otro lado de la calle. Una noche, mientras estoy durmiendo, siento que alguien me toca la espalda, y cuando abro los ojos, veo una ráfaga de nieve contra la ventana. Los copos de nieve golpean el vidrio, se acercan, como si tuvieran un mensaje para dar. Es necesario adaptarse a la noche. Acostumbrarse a correr en la oscuridad, respirando el aire helado que raspa la garganta.

Cuando anochece, me paro y prendo la luz de la habitación. Sobre el vidrio, se reflejan la cama, la silla y también el escritorio. Ahora parte de un cuarto nuevo, un cuarto gemelo y fantasma.

Preparo un té en la cocina. Mihalis, el otro inquilino, sale de su habitación. Mihalis grita, *¡Sí! ¡Me llamaron!* Y yo digo, *Te felicito.* Mihalis también busca trabajo y en una semana tiene una entrevista. Mihalis levanta los brazos y los sacude, en un gesto actuado de triunfo. *No puedo creerlo*, dice. El trabajo es en una empresa que vende escáners médicos a los hospitales de la región. Vuelvo a felicitarlo. Mihalis me agradece dos, tres veces. Como si le hubiesen entregado un premio. Mihalis sonríe y muestra sus encías amplias, rosadas, con restos de baba y comida. Mihalis es tonto, y su alegría no llega a infectarme. Bien pueden no contratarlo. Recién tiene una entrevista y una entrevista no es mucho. *De la experiencia se aprende*, dice mamá. Y a Mihalis la experiencia todavía puede castigarlo. Por su propio bien.

Una tarde, voy al museo de arte y antigüedades de la universidad. Donde Anna hizo una pasantía al terminar los estudios. Cruzo las distintas salas, me paro frente a un cuadro cualquiera y trato de recordar algo sobre esa pintura. Sobre ese caballo de cola cortada, pelaje oscuro. Algo que algún profesor haya dicho en alguna de las tantas clases. Pero mi pensamiento se topa con una pared. Con fuerza, tiro los dedos de una mano hacia atrás. Empujo los dedos aún más abajo, hasta sentir que me arranco la muñeca. Perdedora. Perdedora. Perdedora. Basura. Sos menos que nada.

Y entonces me asfixia el deseo, tan grande, tan inmensamente poderoso, de mutilarme hasta el fin y también de volver a estudiar. En silencio, en la biblioteca. O de noche, en el cuarto de Anna. Y comentar las ilustraciones, cada perfecto detalle. El ojo humano de un ciervo en una escena de caza medieval. Las nubes reflejadas sobre el vidrio de un jarrón en una naturaleza muerta. Estudiar hasta la madrugada, hasta marearnos de sueño y de hambre.

Vuelvo casi corriendo a la casa. Me hundo en este momento y mientras espero el instante ideal, frente al espejo del cuarto, pruebo nuevos peinados. Cambio de lugar las horquillas, la hebilla de nácar que me sujeta el pelo. Examino mi cara y después me pregunto en cuál de mis huesos, en qué espacio oscuro, se aloja todo el veneno. Del cajón de la cómoda, saco el encendedor. Me desvisto. Abro una horquilla de pelo y caliento un lado de la L. Inhalo y rápidamente presiono el metal a un costado de la panza. Entonces todo se abre, un cielo se despeja. Y el dolor es alucinante. Como una estrella, tiene mil puntas de luz. Saco la horquilla, me desplomo. Ahora todas mis fuerzas están agotadas. La herida late, arde. El aire aprieta los contornos de la herida. Después me paro y me pongo una remera suelta. La quemadura no puede infectarse o terminaría en el hospital. Ordeno la ropa, los zapatos. Estiro la manta sobre la cama. Mientras tanto, estoy abierta, atenta al dolor, a toda su extensión, más allá de las distracciones y el pensamiento.

Hola nena, ¡feliz año! Te llamé a las doce, pero allá debían ser las cuatro de la mañana. Ojalá que las cosas, por fin, se te den este año. Acá la pasamos muy bien. Como siempre, en el Club Belgrano. ¿Te compraste algo lindo para Navidad?

Vi en el estado de la tarjeta que habías ido a Topshop y H&M. Yo me compré un vestido, un jean y tres remeras. Hablemos. Saludos, mamá. Seguido del emoji de una flor. Noto cierta impaciencia en el mail de mamá. Su impaciencia me irrita. Mamá, que nunca estudió, casi una analfabeta, jamás podría comprender los tiempos del mundo del arte. Sus ritmos pausados. Su lento madurar. Mamá preguntaba, *¿Pero cuántas pasantías se necesitan?* Me preguntaba antes, ya no. Siento algo de pena por mamá. Mi avance es lento, pero su vida está fosilizada. Después me pregunto con quién habrá pasado las fiestas. Tal vez su prima o esa compañera del colegio con la que de chica iba al río a nadar y a andar en velero. Mamá tiene pocos parientes, no muchas amigas.

Guardo la laptop. Me acerco a la ventana. Afuera, pese a la nieve y el frío, una nena juega con dos barbies. La nena hace saltar a las barbies, las hace hablar una frente a la otra, y mientras las barbies conversan, de la boca de la nena sale vapor. Siento una oleada de miedo. Como si algo dentro de mí quisiera soltarse y huir. Me arranco un pedazo de uña. Prometo que este nuevo año voy a esforzarme aún más. Voy a darlo todo de mí misma. Todo lo que tengo. Todo lo mejor. No voy a vivir extraviada.

En un impulso, busco el celular y le mando un mensaje a Anna, *Hola, ¡feliz año! Estoy en Inglaterra.* Anna enseguida me llama. *No puedo creer que hayas vuelto*, dice. Y yo escarbo en su voz, escucho en busca de alguna diferencia, algo que suene a alegría o progreso. Anna tiene la misma voz ronca y quebrada. Como si hubiese estado gritando. Anna pregunta cuándo volví, y yo digo, *Hace un par de días. Tengo un jetlag mortal. Vos, ¿qué tal?* Anna se pone en guardia, *Bueno, sin novedades. El documental, lo mismo de siempre. Thomas también está igual. Todo sigue igual desde que te fuis-*

te. Tampoco pudimos mudarnos. Anna suspira malhumorada, y yo en cambio siento que me relajo.

Anna pregunta qué hice para Año Nuevo, y yo le digo que ya ni me acuerdo. Anna fue a una fiesta. Una fiesta de disfraces, en un galpón. Ella fue disfrazada de orca, con un traje que se hizo ella misma, cosiéndole la panza blanca y las aletas a una malla negra de mangas largas. Cada vez que iba al baño, tenía que bajarse toda la malla, y casi al terminar la fiesta se le metió una manga del traje adentro del inodoro y se lo tuvo que poner así, tibio y mojado. Anna dice, *Un asco.* Y yo repito en un eco, *Sí. Qué asco.* Anna pregunta, *¿Alguna resolución de año nuevo?* Y antes de que yo responda, antes de que pueda decir nada, Anna dice que este año quiere hacer algo más artístico, no sabe qué. ¿Acaso no estudiamos historia del arte? Tal vez tome clases de cerámica. Como una viejita. La vieja inglesa que ya casi es.

Anna hace una pausa. Apenas se aguanta la risa. Anna pregunta, *¿Seguís buscando trabajo? Sí*, digo. *Una vez más*, y me escucho reír, escucho la carcajada ridícula que sale de mi boca. *Pero ya van surgiendo varias oportunidades.* Anna dice, *Qué bueno. Me alegro. Genial.* Y enseguida dice que me va a ayudar. Va a preguntar entre sus amigos. También a Thomas va a decirle que pregunte entre sus colegas de la universidad. Y entonces yo sé que estoy al borde de un abismo, porque Anna nunca se ofreció a ayudarme. *¿Y cuándo nos vemos?*, pregunta. *Te quiero ver. Pronto. Muy pronto,* le digo. *Voy a buscar pasajes a Londres.* Aunque no voy a encontrarme con ella hasta haber dado con una verdadera oportunidad.

Vuelvo a los avisos de internet. Completo un formulario para un puesto de asistente en el Museo de Historia

Natural. Antes de enviarlo, cierro los ojos algunos segundos e intento remover todo sentimiento negativo. Lo arrojo lejos, fuera de mí. Como a un tumor. Es bien sabido que importa poco la preparación o si el postulante llenó correctamente la solicitud. Lo crucial es el halo, el perfume que la rodea. Y el miedo y la debilidad apestan como sangre vieja.

En la cocina, hago un té, busco una barrita de cereal. Sentado a la mesa, Mihalis desayuna. Mihalis se para apoyando la taza de café sobre la mesa. Pregunta cómo le queda el traje marrón que ahora tiene puesto. Mihalis dice que puedo ser sincera, él confía en mí. Digo, *Te queda bien.* Mihalis sonríe. Arruga la frente gris, transpirada. Me dice que el traje era de su abuelo. *Prendas así ya no se consiguen*, dice. *Ni siquiera con toda la plata del mundo.* Mihalis me pide que toque la tela y yo froto una esquina del saco. Digo, por decir algo, *Se nota que es de buena calidad.* Mihalis asiente y después pregunta, *¿Es muy obvio que no dormí?* Yo observo la esclerótica venosa. El párpado inferior caído. Digo, *No, no. Para nada*. Mihalis suspira, aliviado. Me explica que aunque lo intentó, no pudo cambiar sus horarios. No pudo acostarse temprano y pasó la noche despierto, jugando juegos de rol. Mihalis cruza sus dedos. Y yo cruzo los míos y digo, *Mucha suerte en la entrevista*. Vuelvo a mi cuarto. Imagino a Mihalis sudando, equivocándose en las respuestas a las preguntas de los empleadores. Mihalis trastabilla. Fracasa. Pero el fracaso es parte de un aprendizaje. Va a comprenderlo más claramente en el futuro. Se trata de un aprendizaje que lo beneficia.

Busco avisos en la página de empleos universitarios. Cuando no encuentro ninguno, entro a la sección de cursos de posgrado. Uno tras otro, abro los programas de historia del arte. Miro las becas. Ya no quedan muchas. Tal vez por la crisis. Algunas universidades, las menos, tienen algo de financiamiento, pero sé que esos fondos están reservados para la promesa. Los fondos tienen como propósito el desarrollo del potencial. No la rectificación del rumbo. Tampoco se trata de rescatar a quienes quedaron en el camino. Me pellizco un brazo. Retuerzo y alejo la carne del hueso. Prometo que voy a esforzarme. No voy a ser un cero a la izquierda, por usar una expresión de mamá.

Anochece. Con la laptop me acuesto en la cama y me pongo los auriculares. Busco el perfil de Anna en Facebook, y repaso las fotos de las vacaciones de algunos excompañeros del college. De repente, siento un movimiento en el aire, una presencia, y miro hacia la puerta, que se abre. Veo a la casera aferrada al picaporte, su cabeza asomada hacia el interior de mi habitación. *Perdón, hace un rato que estoy tocando. ¿Te molesto? ¿Trabajabas?* La casera me observa con cara sufrida, de oveja. *Estaba viendo una cosa*, digo. Me paro y voy hasta la puerta. Con el cuerpo, le bloqueo el paso y el campo de visión. No quiero que entre y mire y toque mis cosas. *Tengo un problema*, dice. *Tal vez puedas ayudarme.* Y cuando abre la boca, me llega el aliento repugnante que sube de su estómago. Aliento a establo mezclado con vodka. La casera dice, *Tengo que poner acentos en un ensayo lindísimo que estoy a punto de terminar. Viste esos acentos, mmm…, ¿circunflejos?* La casera mueve su mano enguantada en el aire y enseguida se apoya en el marco de la puerta. Le explico cómo ponerlos, pero ella dice, *No. No entiendo.* Me pide que baje a su casa a mostrarle. La casera se corre un mechón de pelo grasoso. Suplica. Patética.

Igual que en el piso de arriba, su casa está helada. Tampoco abajo la tacaña prende la calefacción. *Se ponen así*, digo, por fin, mostrándole en su computadora. *¡Bravo!*

¡Bravo!, dice ella. *Muchísimas gracias.* La casera dice, *Bueno, ya que estás acá... Hice té de manzanilla. ¿Querés una taza? ¿O tal vez un trago? ¿Algo más fuerte?* La casera lanza una risita aguda. *Sería lindo conocerse y charlar un ratito. Después de todo, vivimos en la misma casa. Sentate si querés,* dice la casera. Le explico que al día siguiente empiezo a trabajar temprano. La casera mueve su dedo, retándome. *¡Ah! Trabajás tanto. Demasiado, en mi opinión.* La casera sonríe. *¿Sabés? Me alegra que te hayas mudado a esta casa. Hice bien en elegirte entre todos los interesados. Porque nos parecemos bastante. Para empezar, a las dos nos apasiona el arte... y la cultura. Claro que yo soy más vieja. Aunque no tanto, no creas. Tampoco soy una vieja. A ver, ¿cuántos años pensás que tengo?* Miro hacia el piso. *No, de verdad. Mirame bien, mirame la cara. ¿Cuántos años pensás que tengo? ¿Treinta y cinco? ¿Cuarenta? Bueno, nada que ver con Mihalis,* dice la casera. *Mihalis, poverino, nunca va ir muy lejos. Mihalis es un holgazán, un niño eterno. Todos los hombres son niños eternos. Mientras que vos y yo somos parecidas. Sabemos de sacrificios. Aunque a veces...* La casera suspira y yo observo su boca húmeda aflojarse. Labios confesionales. La casera se acerca todavía más, me apoya una mano en el brazo. *A veces... A veces, me siento muy sola. No sé. Estoy cansada, ¿vos no?* La casera aprieta mi brazo. *No, no estoy cansada.* La casera abre muy grandes los ojos, salvaje. Después me suelta, se aclara la garganta y va hasta la pileta de la cocina. La casera empieza a lavar una copa. *Por supuesto que tanto vos como yo tenemos mucho que hacer,* dice. *A veces, pienso que el día debería tener veinticinco horas. O treinta. O sesenta. No doy abasto. En fin, ¿nos vemos mañana o uno de estos días? ¿Sí? Espero que duermas bien.*

Subo corriendo a mi cuarto. Trabo la puerta. Quieta en medio de la habitación, escucho los ruidos que suben de la planta baja. El ruido de una olla, platos sobre la mesada. Después algo que se golpea. Un quejido. Tal vez el cuerpo mórbido de la casera chocándose contra un mueble. Le mando un mensaje a Anna, *Mi casera es una borracha payasa.* Seguido de un emoji confundido. Pienso en llamar a Anna, contarle lo que pasó, pero no quiero que la casera me oiga y sepa que todavía sigo despierta. Y entonces suba a decirme o pedirme algo. No sé muy bien qué. Tal vez se ponga a llorar. Y yo me vea obligada a consolarla.

Abro el buzón. Tengo dos cartas de rechazo. Leo solo la primera hasta el final. *Gracias por su interés. Lamentamos informarle…* Corro hasta el pueblo vecino. Corro mal, y el bazo se raja con una puntada de principiante. Una de esas puntadas que tienen las gordas cuando recién empiezan a practicar deporte. Paro. Troto más lento y, para distraerme, observo los livings de las viviendas de los profesores que se jubilaron. Casas vacías y chicas, como de maqueta. Respiro mecánicamente, y observo los muebles y adornos al otro lado de las ventanas. Pianos de pie, óleos antiguos de marco dorado y en el fondo otras ventanas que dan a jardines de invierno. Clavo los dedos en la sensación, escarbo debajo de la costilla izquierda. Me digo, No todo es un signo. Todavía puedo salir adelante. No soy una anciana como la casera.

De regreso, abro la canilla, dejo que el agua corra y voy tomando un vaso tras otro. Cuando empiezo a estirarme, Mihalis sale de su cuarto y muy serio me dice que tiene malas noticias. Mihalis tiene un sobre en la mano, y yo sé que es otra carta de rechazo. Las cartas se acumulan todas en un mismo día para completar su destrucción. Mihalis se queda en silencio. Se hace crujir los huesos del cuello y las manos. Mihalis dice, *No me lo dieron. No me eligieron para el trabajo. Bastards*, dice Mihalis, y finge que golpea el marco de la puerta. *Bastards*, repito. Y agrego, *Ellos se lo pierden*. Como tantas otras veces Anna, Thomas, mamá, me dijeron a mí. *Their loss*. Ellos se lo pierden. Porque no todos pueden triunfar.

Mihalis se arregla el pantalón del jogging. Se pasa la mano por la cabeza rapada. Dice que, a fin de cuentas, la noticia no lo desanima. *Tal vez no tenía que ser. Ya vendrán otros, ¿no? Un trabajo más o menos no cambia nada. Estas no son, en verdad, las cosas importantes*. Mihalis me apoya una mano en el hombro. Dice, *Y mientras tanto, acá estamos, en el bando de los perdedores*. Mihalis sonríe, despliega sus encías rosadas. *¿Una cerveza?* Tomo rápido, y la cerveza se mezcla con el agua en mi estómago vacío, hambriento después de correr.

Mihalis me invita a pasar a su cuarto, y yo me siento en la cama deshecha. Me inclino hacia un lado, como imagino que se inclinaría Anna. Mihalis pregunta, *¿Alguna vez viste la imagen que produce un microscopio electrónico?* Mihalis busca la laptop y también se sienta en la cama. Después abre el sitio de la empresa que no lo contrató. Mihalis me explica cómo funcionan estos microscopios. Y mientras me habla, espía su propio reflejo, sus distintos gestos y movimientos en el vidrio oscurecido de la ventana. *Créase o no, estos son alveolos pulmonares*, dice, mostrándome la imagen de una cavidad rojiza. Oigo un zumbido. Cierro los ojos. Acerco mi cara a la suya y espero. Mihalis me mete la lengua, recorre mi boca. Y yo me dejo llevar por el mareo y el asco. Bajo su pantalón y, muy despacio, empiezo a tocarlo. Y entonces imagino que Anna está acá conmigo, riéndose, burlándose, diciéndome qué hacer. Mihalis se pone rígido, y se derrama sobre mis dedos y el pantalón. Sus músculos se distienden. Mihalis suspira. *Gracias*, dice. *Es lo que necesitaba.* Mihalis se limpia con un pañuelo, y yo refriego la mano en las calzas.

Mihalis se para. Me paro. Camino rápido hacia la puerta. *Eso sí,* dice Mihalis. *No quisiera que lo que pasó arruine nuestra amistad.* Mihalis avanza, intenta abrazarme, y yo pego los brazos a las costillas. De mis axilas, debajo del buzo y de la remera con la que corrí, sale un olor pestilente, a cebolla, que solo si pego los brazos al cuerpo puedo controlar.

Viernes por la mañana. Suena mi celular. *¿Hola? Hola. Mi nombre es Lucy. Soy amiga de Anna. Nos conocimos en un cumpleaños, pero tal vez no te acuerdes de mí. Anna me dio tu número.* En mi cabeza se abre un recuerdo. Un viaje en taxi, una chica de pelo corto se asoma por la ventanilla para vomitar. Lucy me dice que trabaja para una universidad. Yo ya escuché el nombre antes. Pregunto, *¿En el norte? Sí, en el norte.* Era una politécnica, pero la renovaron. Lucy dice, *Ahora tiene un perfil absolutamente internacional. Y nuevos fondos, para posgrados. ¿Tal vez quieras presentarte? Anna me dijo que podías estar interesada.* Lucy tose. *Perdón que te pregunte tan directamente. Lo que pasa es que corremos con un poco de retraso. El plazo límite es en quince días.* Lucy se queda en silencio. Pregunta, molesta, *Entonces, ¿pensás que puede interesarte?* Digo, *Sí, muchísimo.* Escucho la voz aguda, de rata, que sale de mi boca. Lucy me pide mi mail. Dice, *Ahora mismo te mando información sobre la beca. Y también un link al departamento de artes.* Lucy se despide, ahora contenta. *Muchas gracias*, dice en español. *Hasta pronto.*

Camino hasta la ventana. Siento una ola de alegría, algo tibio que estalla y me envuelve. Y después, una piedra en el centro del estómago. *Y así va pasando el tiempo,* me dijo mamá, antes de que volviese a Inglaterra. Mamá no terminó la frase. No había ninguna necesidad. Entonces pienso que es importante escuchar, confiar en lo que diga el instinto. Pero mi instinto es mudo. No tiene boca ni labios.

Llamo a Anna. *Ah, qué bien,* dice ella. *No sabía si al final iba a contactarte o no. Pobre Lucy. Estaba tan mal. Me la encontré ayer en un pub a la salida de la oficina. Tuvieron un problema con la publicidad y nadie se presentó a la beca. Lucy está realmente agobiada. Le salieron cascaritas en la frente, en el cuello. ¿Tal vez sea psoriasis? Si no se presenta ningún candidato aceptable, seguramente la echen.* Anna dice con voz melodramática, *Me dio muchísima pena. Sí, qué lástima*, digo. Pregunto, *¿Pensás que debería presentarme? Tal vez,* dice Anna. *La universidad no es muy buena, pero podrías tomártelo como un trabajo. Aunque ya seamos viejas para estudiar. Sería un ingreso hasta que encuentres algo mejor. Si te aceptan, claro.*

Busco la laptop, abro mi mail y hago clic en los links que Lucy me envió. En negro y azul, aparece el logo de la universidad. No es un escudo de armas. Más bien se parece a una flor de metal, con aspas en lugar de pétalos. Un logo alusivo al pasado de politécnica que tiene la universidad. Sigue la presentación en Flash. Tres estudiantes en un aula. Un estudiante rubio con una mochila. Otra con un bindi rojo en la frente y un libro en la mano. Y junto a ella, una estudiante más alta, que tiene mi cara de algunos años atrás. Siento una ráfaga de adrenalina. Pienso en escribirle a mamá pero contengo el impulso. Mejor guardar el secreto y, si me gano la beca, darle la sorpresa, *Mamá, adiviná qué*. Por una vez jugar con ventaja.

Abro el link al departamento de artes. Leo los currículums de algunos profesores, y repaso los libros y ensayos que publicaron. Los profesores son todos mediocres. Tercera o cuarta categoría. El subsuelo intelectual. Basta con ver en qué universidades estudiaron.

Me acuesto en la cama. Le escribo a mamá, *Hola, surgió una oportunidad muy buena (una especie de trabajo, ¿eh?). Después te cuento mejor.* Y pocos minutos después, mamá me responde, *Nena, qué bien. Por fin todo se encamina. Contame cuando puedas de qué se trata.* Devoro la carne de una cutícula. Me siento y vuelvo a escribirle a mamá, *¿TE DIJE O NO QUE HABÍA QUE TENER PACIENCIA?*

Me levanto a las siete de la mañana. Golpeo dos veces la puerta del baño. Mihalis, que pasa las noches jugando, se ducha antes de irse a acostar. Y yo no voy a salir con aliento rancio, a cloaca. Aunque seguramente no hable con nadie. En todo el día, mi única tarea es escribir la propuesta para el posgrado. Máximo de extensión: mil quinientas palabras.

Pedaleo rápido hasta la biblioteca de la universidad. Bordeando el estacionamiento para bicicletas hay setos que un jardinero recorta, y al cruzar hacia el hall de entrada, tiro de la punta de un arbusto y camino sin soltarla hasta que se quiebra. Un tic de estudiante. Ir arrancando las hojas, las ramas. Herir la vegetación. En el hall, muestro el carnet vitalicio de la biblioteca. Subo corriendo hasta el sexto piso y cuando llego al área de los escritorios, me choco el codo en la esquina filosa de una mesa. Hundo un dedo en el golpe, presiono. Pienso que el golpe tal vez sea un signo de cómo quiere perfilarse el día. Un día de odio. Con púas y aristas. Aunque tal vez sea solo un aviso. Una advertencia para el futuro por haber salido tarde de la casa.

Elijo un puesto frente a una ventana. Cerca, dos estudiantes leen descalzas, y mientras leen mueven nerviosas los pies debajo del escritorio. En la página del departamento de artes, busco los intereses de investigación que listaron los profesores. Sé que mi propuesta deberá tratar sobre alguno de estos temas. Que gane o no la beca va a depender de que alguno de los profesores me acoja bajo su ala. Que al leer el proyecto un profesor piense, Qué interesante. Que le resuenen las palabras leídas. Como un eco bien claro, bien fuerte de sí mismo.

De todos los temas listados, elijo el de la naturaleza muerta. Casi al terminar la carrera, escribí un ensayo sobre la obra de Maria Sibylla Merian, la entomóloga y artista alemana del siglo diecisiete. Para escribirla, leí varios libros sobre este género. Recibí la nota más alta, y en clase la profesora citó fragmentos de mi ensayo. Rígidos en sus lugares, los demás estudiantes me observaron con odio. Especialmente Thomas. Aunque quizá también Anna. *Still-life.* Una palabra extraña en inglés. Vida detenida, sin movimiento. Tan cerca de *stillborn,* el niño muerto al nacer. También quieto, el niño, un objeto. Aunque tal vez no se trate de un género muy interesante. Claro que el interés y el gusto tienen poca o ninguna relevancia. Porque, como papá solía decir, *Uno no elige su don. Nadie elige su talento.* Uno acepta lo que le tocó, y a Dios agradece su suerte.

En busca de ideas, abro carpetas con viejas monografías. Las que llegaron hasta esta laptop más nueva. Las rescatadas del final de la carrera. Las aceptables. Vuelvo a esas imágenes grabadas a fuego en la retina. Las ruinas semiocultas en la selva en los grabados de Frederick Catherwood. Las orquídeas y colibríes en los paisajes de Martin Heade. Abro mis resúmenes de libros, ensayos. Cientos y cientos de páginas con citas y anotaciones, que solo yo leí. Porque, en general, ningún estudiante pedía o prestaba sus apuntes.

Copio algunas oraciones de mis notas. Avanzo lento, pensando bien cada frase. Al llegar a quinientas palabras, busco en la mochila una ensalada de cuscús. En sus asientos, las estudiantes descalzas susurran, se pasan un teléfono y se ríen mirando la pantalla. Mastican ruidosamente un par de tabletas de vitamina D. Calculo cuánto les llevo, aproximadamente cuántos años, y las imagino rompiendo mi cuerpo infantil. Las estudiantes podrían haber transitado por mi cuerpo. Podrían haberme destrozado las entrañas, justo después de empezar a menstruar. Y así yo sería su madre. Sería la madre de estas estudiantes no muy inteligentes, incapaces de leer en silencio. Aunque muchos estudiantes tienen suerte. La clase de estudiante que aprueba los exámenes con un mínimo de esfuerzo. Casi sin preparación. Y en parte, Anna había pertenecido a este grupo. Estudiaba de manera más bien desordenada, pero no le iba mal. Y yo a veces me preguntaba qué notas habría obtenido, ¿iguales?, ¿más bajas?, de haber estudiado tan poco como ella.

En la sección de historia del arte, busco los libros que anoté en un papel. Esta zona de la biblioteca huele a alfombra sucia, a fruta podrida, pero las ventanas en los pisos altos ya no se abren. Hay una gran cantidad de suicidas entre los estudiantes. Mientras yo estaba en el college, al menos veinte intentaron matarse. Sobre todo en primavera, después de los exámenes. Varios lo consiguieron. ¿Y quién no había deseado saltar? Todos en algún momento pensaban en saltar. El impacto debía viajar por el cuerpo, reventándolo todo a su paso. Fracturando cada uno de los huesos, colapsando los pulmones y el corazón. Fin. En ese otro lado, en la nada, ya no importa el futuro, el promedio. En el vacío, reina la libertad. También los profesores se suicidaban. Y los bibliotecarios. Los estudiantes, si no se tiraban por la ventana, se ahorcaban con las sábanas del college. A veces usaban las bufandas de colores que podían comprarse en los negocios de la universidad. Los profesores, en cambio, se pegaban un tiro, ya viejos, o se lanzaban debajo del tren.

Vuelvo a mi asiento. Es de noche. Las estudiantes ahora se preparan para irse. Guardan sus laptops en la mochila y hablan directamente en voz alta, como si estuvieran en un bar. Las observo meter sus pies desnudos, muy blancos, en botas forradas de piel. Al salir, una estudiante se da vuelta y tuerce la cabeza, burlona. Y yo clavo los ojos al escritorio y ajusto mi hebilla de nácar.

Prendo la computadora. Frente a mis ojos surge un documento lleno de barras. Bloques amarillos, rojos, verdes. Y comentarios. RECORTAR. EXPANDIR. MEJORAR. Mientras escribía, no me pareció estar poniendo tantas notas. Tanta marginalia. Cierro los puños. Junto el odio en las manos, todo el veneno, y martillo mis muslos a golpes. Golpeo. Golpeo con todas mis fuerzas. Mañana, sin excusas, voy a levantarme más temprano.

Dedico todo mi tiempo a escribir la propuesta. Falto a mi turno en la librería, como a veces faltaba al colegio. No porque estuviese enferma. Jamás me enfermaba. Sino para leer y estudiar. Más. Papá y mamá estaban siempre de acuerdo. Nunca tuve que pedirles autorización. Papá solía decirme, *Te dejo a vos elegir. Confío.* Todas esas materias para las que no tengo un don natural. Por ejemplo, física, química y matemática. Hay que reforzarlas. Es necesario apuntalar lo débil.

Y ahora pienso que si papá estuviera todavía vivo se habría ofrecido a ayudarme con esta propuesta de investigación. Igual que cuando era chica me ayudaba con la tarea. Una o dos horas después de cenar. De esta manera, garantizaba que yo siguiese siendo la abanderada y que no perdiera mi puesto en el cuadro de honor. Papá fumaba, tomaba whisky. Lo revolvía con el meñique. *Si X es ocho, ¿entonces Y...?* Yo me distraía. Papá chasqueaba los dedos tres veces. *Hola, hola*, decía. *Llamando a Tierra*. A mí me cuesta concentrarme. La matemática me produce sueño. A veces, un cansancio extremo. Y odio. Un odio que quema. Y entonces pienso que quiero morirme. Ya mismo y por el resto de la eternidad. Otras veces, observo a papá anotar números con una caligrafía hermosa. Números estilizados, llenos de adornos. En esos momentos, tengo la sensación de que papá es otra vez chico. Alguien de mi edad o todavía menor. Un estudiante que va a un colegio secreto, para niños pobres, donde escribir es igual a dibujar. Papá traza diagramas de Venn, compone figuras geométricas sobre el papel milimetrado. Papá dice, *Es importante que estudies*. Y mamá a veces lo repite, *Es importante que estudies. Es importante que estudies.* Repite la frase como una muñeca que habla. Una de esas muñecas antiguas con un mecanismo en el vientre.

Ahora corrijo. Raspo, raspo. Hasta dejar solo un hueso pulido. Solo lo mínimo, lo indispensable. Busco en mí esa lengua de muertos. Esa lengua árida. Infértil. Porque así fuimos entrenados. En la mejor universidad del mundo. Para crear un paisaje glacial de palabras.

Vuelvo a la página de los requisitos. Solo quedan las cartas de recomendación, pero no quiero escribirles a mis antiguos tutores. Si los contacto, mis tutores van a enterarse de todos estos años desperdiciados. Largos años sin progresar. Justamente aquellos tutores que podrían escribirme las mejores cartas. Le mando un mensaje a Lucy donde le explico que estoy atrasada. ¿Tal vez pueda enviarle las cartas un poco más adelante? Lucy responde enseguida, *Sí, no hay problema. No te preocupes ahora por las cartas. Pero enviá todo lo demás lo antes que puedas. Acordate de que el plazo límite es HOY.* Releo una vez más la propuesta, actualizo el currículum y cambio algunas fechas en mi historial de trabajo. Los currículums no pueden tener agujeros. Los últimos años en Argentina. Un gran agujero con la cara de mamá. Lo pongo todo en un mail y lo mando.

Le escribo a mamá, *Hola, el misterio era un posgrado. Surprise, surprise. Ja, ja. Ya mandé todos los papeles que pedían. Ahora a esperar. Saludos.* Mamá me contesta, *Ah, ¿no me dijiste que era un trabajo? Nena, igual me alegro. Ojalá se te dé. Voy a prender una vela. Saludos, mamá.*

En el centro del pueblo, saco cien libras con la tarjeta argentina. Pienso que hoy es un día bueno. Mamá no va a poder arruinarlo con sus opiniones e indirectas. En los negocios del shopping, reviso las prendas de la colección de primavera. Recorro Topshop, New Look, River Island. Detrás de mí, por los pasillos lustrados del shopping, estudiantes del colegio pupilo de mujeres caminan tomadas del brazo. Las estudiantes gritan y fuerzan una risa exageradamente ronca. Diabólica. Entonces yo sé que están buscando una víctima. Camino mirando hacia el suelo, pero al cruzarme con ellas, una estudiante, la de la punta, me choca un hombro y amenaza con lanzarme el contenido de su vaso. Yo doy un paso al costado, me paralizo. La estudiante sacude su vaso. Dice, *¿Sos tonta? ¿No ves que no hay nada?* Y las otras estudiantes se ríen y exhiben sus dientes cubiertos por pequeños fragmentos de metal.

En H&M, me pruebo un vestido de verano, el mismo modelo en dos talles. Es un vestido que se parece a otro que tiene Anna, solo que el de ella es de Isabel Marant. Me lo abrocho, levanto la falda y observo mi cuerpo bajo la luz de muerte de las dicroicas. Observo la piel arrugada sobre las rodillas, las cicatrices de las quemaduras, y clavo los dedos, el filo de las uñas. La carne empieza a ponerse blanca. Entonces exhalo y mis músculos se relajan. Elijo el vestido más ajustado. El que apenas puede cerrarse. Esta es una técnica útil para no engordar. Un buen complemento del ejercicio y la balanza.

Cuando empiezo a marearme, compro ocho piezas de sushi en el patio de comidas. Con cuidado, abro la caja y preparo el wasabi y la salsa de soja, estudiando bien cada una de las piezas, saboreándolas. Acomodo los maki y los sashimi, y trago la saliva que se junta arriba de la lengua.

Casi al llegar a la casa, reconozco la campera verde, inflada, de Mihalis. Le toco el hombro. *Ah, hola*. Mihalis señala mi bolsa. *¿Fuiste de compras?* Mihalis mueve a un lado y el otro la cabeza. Mihalis dice, *Se ve que algunas personas viven fuera de la realidad.* Mihalis camina despacio. Pisa con odio. Dice, *Ayer recibí otra mala noticia. A mí, al final, solo me llegan malas noticias.* Mihalis dice que su padre lo llamó de Grecia. Le dio un ultimátum. Tiene solo un mes para encontrar empleo. Un mes, o puede despedirse de Inglaterra. Mihalis pregunta, *¿Conocés Tesalónica?* Su familia es de ahí. Su tío es el dueño de una agencia de turismo, y su padre habló con él para que, cuando Mihalis vuelva, le consiga un trabajo como guía. Mihalis se rasca un pozo de varicela que tiene en la frente. Le digo que le queda un mes. Mihalis repite,

Un mes. Un mes es lo mismo que nada. ¿Qué conseguiste vos en casi seis meses? Mihalis dice, *En fin, nadie va en contra de su destino. Además, si somos sinceros, ¿quién quiere vivir en esta isla? Llueve todos los días, la comida es apenas pasable.* Mihalis se frota las manos. *Así que si no nos quieren, nos vamos.* Mihalis sonríe. *Nos vamos contentos antes de que nos echen.*

Comienzos de marzo. Renacimiento. La vegetación prolifera, se expande. También las ramas del castaño que puede verse desde mi ventana. Sobre el césped, en torno a sus raíces, se forman aureolas de crocus violetas, blancos y amarillos.

En internet, busco fotos del pueblo donde está emplazada la nueva universidad. Hay puentes de piedra, iglesias. Niebla en invierno. Pienso que es increíble que en algún momento haya dudado en presentarme. Antes estaba loca y ahora ya no. Porque el posgrado es un ancla y también un primer escalón. Sin el posgrado, va a ser imposible avanzar. *Que no te pase que*, mamá usa mucho esta frase. Igual que su Cristo con ella, mamá está siempre conmigo, a través de su voz y sus palabras. Le envío un mensaje a Lucy, *Hola. Quería saber si por casualidad... No*, contesta. *Nada todavía. Yo te contacto cuando me entere de algo.*

Busco avisos de trabajos pero no me presento a ninguno. Si me presentara, la suerte tal vez podría castigarme sustrayéndome la beca. Pero que no me presente no significa que vaya a ganármela. De noche, a veces recuerdo los años que llevo perdidos. Todos estos años resecándome. Busco el encendedor y me siento en la alfombra sucia junto a la cama. Abro la horquilla y devuelvo el fuego a la herida que no cicatriza. Mi piel lo recibe. La carne. Y la carne debajo de la carne. Toda entera recibo el calor, soy únicamente esta brasa.

Mis músculos se contraen, se rebelan. Me tapo la boca y gimo, gimo. Hasta que ya es suficiente. Entonces saco la horquilla y me seco en la pierna la baba que tengo la mano. Apoyo la cabeza contra el borde del colchón. Respiro. Y todo mi cuerpo respira. Libre. Los poros se abren. Miles, millones de poros en el cielo de mi piel constelada.

Pido turnos extra en el trabajo. Los días de sol, nadie viene a la librería. Si el clima está agradable, los estudiantes no compran manuales. Sobre mantas de pícnic, se echan a leer y a tomar licor con limonada y menta. Mi compañero se aburre detrás del mostrador. Hojea el diario o se rasca la mugre debajo de las uñas. A veces, abre la puerta de entrada y se para a mirar hacia la calle. *Ah, los estudiantes*, suspira. *Son peores que ratas. Una peste infecta.* Mi compañero, su espalda encorvada, las manos en los bolsillos, me parece un ser totalmente despreciable. Un viejo repugnante. Sin ambición. Me paso las tardes viendo los videos de música que me manda Anna. Y si la canción me fascina, si llega a alcanzarme, la escucho una y otra vez, y otra y otra, hasta sentir que ya me tocó demasiado, siempre en el mismo punto.

Después del trabajo, camino a la casa. Me saco el tapado, el suéter de hilo, y los pongo en el canasto de la bicicleta. Cruzo la barranca ahora luminosa, florecida. Junto al río, los estudiantes fuman, conversan. Observo a algunas mujeres subirse la pollera hasta la ingle y enganchar la blusa en el corpiño, exhibiendo la piel. Mientras que otras levantan las muñecas y antebrazos en el aire, bien alto, para acercar el sol a la sangre y contrarrestar de este modo la falta de vitamina D.

En su cuarto, Mihalis hace las valijas. *Agarrá lo que quieras*, me dice desde la puerta. *Las sábanas, la manta, las almohadas. Si te gusta, es tuyo.* Entro a su habitación. Como siempre, la ventana está cerrada. Las cortinas, corridas. En la pantalla de su laptop, flota una nave espacial entre las estrellas. Mihalis dice, *Al final, decidí que solo me llevo la ropa. Borrón y cuenta nueva*. Mihalis se refriega la cara. *Llevate lo que quieras,* insiste. Observo los borceguíes embarrados. Las sábanas sucias. El cuarto apesta a sudor. *Gracias*, le digo. *Apenas tengo espacio para todo lo que traje de Argentina. ¿Segura? Mirá que son cosas de muy buena calidad. Todos productos comprados en Grecia. De marca.*

Resoplando, la casera sube a nuestro sector. *Querido*, dice. *Vengo a despedirme. ¿Te vas de noche?* Mihalis dice que su avión sale a las seis de la mañana. *Qué hora loca*, dice la casera. *Totalmente demencial. Tal vez las aerolíneas lo hagan a propósito, para castigarnos*. La casera se acomoda el jogging y sus ojos chiquitos recorren el cuarto. *¿Vas a tirar todo esto?*, pregunta, señalando un bollo en el suelo. *Sí. Borrón y cuenta nueva*, repite Mihalis. *¿También las sábanas y las toallas? ¿Estos zapatos? Qué pecado, ¿no?* La casera sonríe. Busca complicidad. La vieja roñosa, tacaña. Más sola que un hongo, diría mamá. *Podés quedarte con lo que quieras*, dice Mihalis. *Solo me llevo un poco de ropa. Quiero que sea un nuevo comienzo.*

La casera junta todas las cosas y camina hacia la escalera. Mihalis y yo la observamos bajar. La casera tantea con un pie, pisa con cuidado. Al tercer paso, tropieza, se cae, y su cabeza pega contra el borde del escalón. Mihalis corre a ayudarla. Pregunta, *¿Estás bien?* La casera se queja, *Ay, ay.* Suprimo la risa que me nace en la garganta. Una suerte de reflujo. Bajo las escaleras corriendo. Repito, *¿Estás bien?* La casera dice, con voz de abandonada, *Sí, sí, estoy bien. Gracias. Eso sí, me va a salir un chichón*. La casera se toca la cabeza en el lugar del golpe. Después se mira los dedos. No hay sangre. Le recuerdo, *La escalera está alfombrada. Sí, por suerte*, dice.

Mihalis la ayuda a pararse y la acompaña hasta la planta baja. Y yo pienso que la escena tal vez habría sido algo menos patética, menos ridícula, si la casera se hubiese partido el cráneo. Mihalis vuelve corriendo. Dice, *Casi se mata, pobre.* Mihalis entra a su cuarto. *¿Dónde estábamos?* Mihalis patea un zapato, molesto. Pregunta, *¿Pensás que vas a estar en la casa en un par de horas? Todavía me falta ordenar, terminar de hacer la valija. ¿Te toco la puerta en un rato?*

Entonces me echo en la cama a esperar que Mihalis venga a despedirse. Me saco las guillerminas, la blusa, la pollera, me saco la hebilla de nácar y despliego mi pelo en un abanico sobre la almohada. Me inmovilizo. Como una roca. Y espero.

A la mañana siguiente, cuando me levanto, hago un té y entro a tomarlo al cuarto de Mihalis. No estoy segura si vino a golpearme la puerta. Aunque sí creo haber oído el motor del taxi. La casera limpió e hizo la cama, y ahora las cortinas están descorridas, por primera vez. Me acerco a la ventana entreabierta. El cuarto da hacia un jardín y detrás se extiende una cancha de rugby donde estudiantes con shorts y remeras azules y verdes hacen un scrum, enganchándose unos con otros, presionando.

Por la noche, la nueva inquilina ya está en el cuarto. Todas sus cosas están tiradas. Bolsos, zapatos. La ropa rebalsa hasta la cocina. *¡Hola!*, dice, y me da dos besos. Siento su mejilla blanda, húmeda de transpiración. *Perdón por este desastre,* dice. *¿Vos sos mi vecina? Housemate*, digo. *Soy tu compañera de casa. Housemate*, repite. La inquilina junta las manos como si fuera a rezar. *Nunca me acuerdo de esa palabra.* La nueva se presenta. Es italiana y vino al pueblo a estudiar inglés. La inquilina dice, *Tengo veintiocho años. Es necesario que por fin aprenda. Entonces solo inglés, por fa-*

vor. Jamás castellano. Porque hablo un poquito de castellano. La inquilina sonríe. Me sirvo agua. La inquilina se agacha a ordenar y una tanga se asoma debajo del jean. El jean le aprieta la espalda gorda, estriada. La nueva es desagradable. Una vaquillona.

La inquilina entra a la cocina con un mapa y me pide que le marque la zona comercial. Señalo un punto cualquiera. *Muchas, muchas gracias*, dice. Después vuelve al cuarto y se agarra la nariz. *Dios mío,* dice. *¿Quién vivía aquí?* La inquilina abre y cierra la puerta con movimientos bruscos, tratando de hacer circular el aire. Pregunta, *¿Un cerdo anda suelto en la casa? ¿Cómo se dice en inglés? Esta es una vivienda de cerdos.*

Corro bordeando el río, que en esta zona del pueblo es espeso, como de brea. Siento un dolor en la rodilla. Es la rodilla de corredor. Casi inevitable después de tantos años. Corriendo, ejercitándome. Sé que debería parar, tal vez caminar o estirarme, pero no voy a volver ni a parar. No voy a parar. No voy a parar. Mido el dolor y corro pisando con fuerza. Clavo el talón en la tierra para destrozarlo. Entonces la sensación se dispara, se agolpa en la nuca, en la frente, se va derramando en el tórax y baja por mis brazos hasta acumularse en la palma de mis manos. Respiro y abro las manos. Me dejo asfixiar por la intensidad.

En cuanto cruzo el pasillo, la casera sale de su sector de la casa y entorna la puerta detrás. La casera tiene sus guantes de lana, un gorrito. *Qué clima para correr*, dice. *Volvió el frío. Debés estar congelada.* La casera entrecierra los ojos. Pone su cara benigna de oveja. *Bueno, querida, tengo que hablarte un segundo. ¿No sé si estarás ocupada?* Yo la escucho inmóvil en el escalón. *Falta muy poco para que se venza el contrato, y te quería avisar que, por desgracia, no voy a poder renovártelo. Me encantaría,* dice enseguida. *Lo que más quiero es que te quedes, pero tengo que hacerle un lugar a mi prima. Mmm..., Giulia. Mi prima Giulia de Turín. Y desafortunadamente, la otra inquilina, cómo se llama, está ahora en el cuarto chico. Lo lamento tanto tanto,* dice la casera. *Como te digo, me encantaría alquilártelo a vos, pero mi prima Giulia tiene un problema. Es una enfermedad muy grave. Gravísima. Y una se debe a los lazos de sangre. Una se debe por completo a la familia, ¿no?* La casera asiente. Toca la pared, como si alisara una rugosidad. *Pero en un mes seguro vas a encontrar algo. Un mes es tiempo de sobra. Lo lamento,* dice.

Subo a mi cuarto. Examino los muebles, espero. Cierro el puño y golpeo la mano contra la esquina del escritorio. Toso para no gemir. Entro a la ducha, y abro y cierro la mano golpeada. Ahora es preciso que encuentre un cuarto además de trabajo. Por culpa de la vieja rancia. La vieja ridícula y mentirosa. Me abro, me bifurco. Me veo enjabonándome, lavándome el pelo contra el decorado de los azulejos verdes con guarda marrón.

Cuando salgo del baño, le mando un mensaje a Anna, *Mi casera me echó.* Seguido de una carita triste. Anna responde, *¿¿¿Qué??? Perra. Sí, una vieja conchuda.* Anna me llama enseguida. *¿Pero qué pasó? No lo puedo creer.* Digo, *Nada. Me echó. Pero ¿por qué? ¿Pasó algo? Pensé que se llevaban bien.* Digo, *Quién sabe. Está loca. Siempre fue un poco rara. Impredecible, como todos los borrachos.* Anna dice, *Entiendo.* Anna se queda en silencio. *Esto no es más que una idea, pero ¿y si te mudaras a Londres? Tal vez esta sea una buena oportunidad. Pensá que todos los trabajos están acá, no en el pueblo. Así que tarde o temprano vas a tener que mudarte.*

Y en Londres estamos Thomas y yo. Podemos ayudarte, si querés. Además sería divertido vivir en la misma ciudad.

Me visto, hago un té y como una tostada. Pienso que tal vez debería sentir miedo. Pero no siento miedo. Siento algo más parecido a la fuerza. Abro la laptop. Abro un sitio de casas compartidas y en el buscador ingreso la zona en la que vive Anna. Los cuartos son aceptables, pero bastante caros. Mucho más caros que cualquier habitación del pueblo. Aunque eso yo ya lo sabía. Y es por eso que volví a este pueblo, no a Londres. Para hacer durar más la plata. La miseria que mamá me deposita, más los gastos de la tarjeta, que también ella paga. Es preciso que busque cuartos más baratos. Sería arriesgado abusar de este acuerdo, aunque se trate de un contrato tácito. Sería un error ignorar la advertencia de papá. Papá que me recordaba una y otra vez, *¿Vos sos consciente de tu privilegio?*, cuando yo le pedía que me comprara más ropa o que me aumentara la mensualidad. Entonces papá se irritaba. Prendía un cigarrillo. *Sos insaciable,* decía. *Un gigantesco barril sin fondo.* Así es que no conviene excederse. De otro modo, mamá tendría la excusa perfecta para forzarme a volver a Argentina con ella.

En pocos días, puedo reconocer los scams. Las estafas. Siempre mal escritas y llenas de faltas de ortografía. Mensajes desesperados. También los cuartos que nadie quiere alquilar. Abro el sitio y encuentro las fotos del cuarto de la alfombra roja. Día tras día. Los muebles blancos, imitación Luis XV. Rebordes y manijas dorados. Como si fuesen féretros. Hay otros cuartos que parecen lindos a primera vista, pero si se observa la foto en detalle, es posible descubrir el error. Y como decía mamá en todos los viajes, en cada una de las vacaciones, *Es importante que el lugar de llegada sea especial.*

Aunque no encuentro cuarto, renuncio a la librería. Le informo al manager. Después busco a mi compañero, que ordena manuales sobre un anaquel. *Me mudo a Londres,* le digo, atenta a su reacción, su cara. *Ah, ¿sí?* Mi compañero traga saliva. *¿Cuándo? En dos semanas.* Mi compañero acomoda la cara para sonreír. *Te felicito,* dice. *Debés estar muy contenta. Sí,* digo. *Estoy muy contenta, pero también asustada,* y me muerdo los dedos, fingiendo terror. Mi compañero se lame una gota arriba del labio. Mira hacia el suelo, hinchado de resentimiento. Dice, *Vas a ver que va a salir todo bien. Seguro te va a ir bien.* Aunque sé que me desea lo contrario. Me desea lo peor. *Y si te arrepentís,* dice, sarcástico, *siempre podés volver. El pueblo no va a moverse.* Y él tampoco. Él va a envejecer en este mismo lugar. Acá va a pudrirse como agua estancada. Junto a la mejor universidad del mundo, donde jamás lo habrían aceptado.

Cuando no encuentro cuarto para alquilar, empiezo a mirar los sublets. Subalquileres cortos, de uno o dos meses. *Porque es preferible esperar a alquilar alguna basura,* dice siempre mamá. Elijo el cuarto que tiene las fotos de un gato. Un subalquiler de un mes que ofrece un estudiante que viaja a la India. En la casa vive también un belga. Wilhem, otro estudiante. Busco la casa en el mapa. No es lejos de donde viven Anna y Thomas.

Postergo el momento de hablar con mamá. Tiro zapatos y prendas viejas en el banco de ropa del pueblo. En el puesto del parque donde la compré, revendo la bicicleta. Le escribo a mamá, *Hola, ¿cómo estás? Quería avisarte que voy a mudarme a Londres. Encontré un cuarto que sale casi lo mismo que el que tengo ahora. Y sí, es verdad que Londres es mucho más cara, pero pensá que todos los trabajos están ahí. No acá. Saludos.*

Mamá me llama enseguida y yo dejo sonar el teléfono unas cuantas veces para que entienda que estaba ocupada. Mamá dice, *Hola nena, ¿qué tal? Tanto tiempo. ¿Te molesto?* Y yo escucho después de meses esa voz grave y entrecortada. Una voz que por teléfono siempre todos confundieron con la mía.

Bien. Todo bien. Acá, preparándome. ¿Vos qué hacías? Fui a misa y ahora jugaba al mahjong, dice. Mamá pregunta por el clima, las novedades del pueblo. Mamá va rodeando, se aproxima al tema de su interés. Por fin mamá dice, *Y lo de Londres, ¿no será un poco arriesgado?* Digo, *El que no arriesga no gana. Sí, pero sin trabajo, no sé cómo te vas a mantener. ¿Ya te contestaron de esa universidad? Nena, te vas a quedar en Pampa y la vía.* Mamá se ríe de la frase. Se ríe de su ocurrencia. Digo, *Tal vez mejor hablamos más tarde.* Entonces mamá se retracta. Da un paso atrás. Mamá entiende que se equivocó. Un error. Dice, fingiendo entusiasmo, *Pero seguro que en Londres vas a encontrar algo. Ahí están todos los trabajos, ¿no?* Nos amigamos. Pregunto por Mirta, el perro, el jardín. Porque estos son nuestros temas. Los temas que madre e hija comparten. Madre e hija, guardianas del orden de la casa.

Mamá baja la voz, como si hiciera una confidencia. Mirta está bien, aunque peor de la vista. En un futuro no muy lejano, va a quedarse totalmente ciega. Y en consecuencia, ya no limpia como antes. Mamá tiene que andar corriendo detrás, repasando con trapo y escoba. Ahora es mamá la que hace la cama. Corta el pasto en el jardín y saca las hojas de la pileta. Mamá está realmente agotada. Mamá dice, para provocarme, *A veces, pienso en venderla.* Aunque jamás va a vender esa casa. Es imposible que venda la casa en la que nació.

Mamá habla mucho. Salta, nerviosa, de un tema a otro. Yo escucho a mamá y también al perro que ladra. Un quejido agudo, cada vez más cerca, más fuerte, hasta que oigo a mamá gritar, *¡Basta, por Dios!* Y después, más calma, *Nena, te dejo que el perro quiere comer.* Y yo dudo un instante y digo, *Está bien. Pero antes hablemos un segundito de plata.* Y entonces escucho a mamá decir, contenta, con tono organizativo, que va a depositarme un extra para ayudarme con la mudanza.

Trato de estar lo menos posible en el cuarto. La habitación ahora me parece intolerable. Como una cárcel. También evito a la casera y a la inquilina recién llegada. La nueva no cierra la puerta y, cada vez que yo salgo al pasillo, escucho su risa alegre, de idiota, por encima de las risas de algún programa en la televisión. O a través de la puerta entreabierta, la veo acostada sobre la cama deshecha. Observo su cuerpo, ancho, lánguido, y me dan ganas de entrar, agarrarla del pelo y aplastarle la cara contra la pantalla. Incapaz de dejar de comer. Incapaz de sentarse a estudiar. Nunca va a aprender inglés.

Le mando un mensaje a Anna, *Todo casi listo. En tres días voy a estar en Londres.* Anna tarda en contestar, *Qué bueno. Genial. ¡Ya casi me había olvidado de que te mudabas! Ja, ja. No, mentira. Te llamo en un par de horas. Ahora estoy en el pub con Thomas y mis nuevos compañeros de cerámica.*

El penúltimo día, encuentro un cuaderno sobre el escritorio. En la tapa dice *Libro de Visitas* en letras doradas y abajo hay una notita adhesiva escrita por la casera, *Por favor, dejá tus impresiones. Buen viaje. D.* Abro el cuaderno. Paso las hojas finitas, manchadas. Veinte o treinta páginas de notas, comentarios y opiniones que fueron dejando los distintos huéspedes. El primero, en 1990. Guillaume. *Querida D., Como decimos en Francia…* Leo el mensaje por encima, escrito en un inglés bastante pobre. A partir de la letra, proyecto una cara. Un francés arrugado, sin ojos. Siempre de perfil. Alguien solitario que fuma. Pienso que Guillaume ahora debe ser un viejo. O al menos no joven. ¿Se habrá acordado alguna vez de este cuarto? Tal vez se haya muerto, en un accidente o de alguna enfermedad.

Comparo los trazos de algunas notas y los distintos colores de la tinta. Imagino a los inquilinos escribiendo en el libro de visitas. Año tras año tras año. El codo sobre la mesa, la mano sobre el papel. Después vuelvo a la última nota, la de Mihalis. *Estimada D., Fui muy feliz en esta casa. Fuiste una casera excelente, y disfruté cada momento pasado en el cuarto. Si algún día vuelvo a este pueblo (¡nunca se sabe!), me encantaría volver a alojarme en tu casa. Gracias por toda tu hospitalidad. Te deseo lo mejor. Afectuosamente, Mihalis.* Y al terminar de leer, por un instante tengo la sensación de que este mensaje también es viejo, lleva años escrito en este cuaderno, y Mihalis murió. Paso las hojas una vez más. Pienso algo para anotar y cuando no se me ocurre nada, armo un mensaje copiando y mezclando frases de las notas anteriores.

A mitad de la tarde, la casera sube a mi habitación. Tiene puesto el jogging rosado, pero no los guantes. La casera dice, *Querida, ¿estás lista?* La casera evita mis ojos. Sorprendida, mira a su alrededor. La cama hecha, la alfombra aspirada. La casera dice, *Ah, muy bien. Dejaste todo muy limpio, muy ordenado. Te lo agradezco.* La casera me pide las llaves. Con sus dedos nudosos, cuenta tres veces las doscientas libras del depósito. La casera rompe el contrato. Fuerza una sonrisa, estirando apenas los labios. Dice, *Buena suerte.* Y me da su mano fría.

Abro la ventana de la habitación nueva. Una por una, voy sacando mis cosas. El estudiante que me alquiló el cuarto dejó poco espacio en el placard, y guardo solo la mitad de la ropa. Reviso los papeles que dejó en un escritorio y abro los cajones, donde solo hay hojas blancas y una abrochadora. Miro unos vinilos. Con unas chinches que encuentro tiradas, clavo en la pared tres postales, al lado de los flyers de unas fiestas de música electrónica.

Al terminar de ordenar, camino hasta la puerta del cuarto y escucho los ruidos de la casa. Crujidos. Un tanque de agua. De algún otro lado, tal vez de una radio, llega hasta mí música árabe. Oigo a una mujer que canta y llora. Canta como si rezara o pidiera perdón.

Robo leche y cereales de Wilhem, el estudiante con el que comparto. En la cocina, todo está sucio. Hay una pila de platos sin lavar, restos de comida en el piso. Es un desorden que ya conocí en otras casas. Lo opuesto del orden en el que mantengo mis cuartos, y del olor a cloro y naftalina en la casa de mamá.

Temprano a la tarde, me arreglo para el encuentro con Anna. Me lavo el pelo y lo seco distinto, con ondas. Guardo la hebilla de nácar. Frente al espejo ovalado y chiquito que hay en el cuarto, me pinto. Tapo con base las ojeras y también los puntos negros. Me pongo sombra, rubor y aplico brillo rosado en los labios. Me pinto hasta transformar, elevar la cara. Porque el maquillaje es la frontera, es el umbral. Maquillada, la cara tiene un filo. Un interés inesperado. Por otra parte, lo crucial es que Anna me vea distinta. Linda o fea es lo de menos. Anna tiene que verme cambiada, como esa vez que volví de Argentina después de unas vacaciones. Era el receso de primavera y mamá me había obligado a viajar. De regreso a Inglaterra, Anna estudió cada milímetro cuadrado de mi cuerpo. Anna dijo, *Estás, no sé, distinta*. Lo dijo con el odio de la que se quedó. Porque en las vacaciones, yo había rozado algo nuevo, aunque solo fuese de manera temporaria. Anna, en cambio, no. La dejaba atrás.

Me pruebo dos polleras, un vestido floreado, y para ver cómo me quedan, me subo al colchón y en el espejo chiquito me voy examinando. Muslo, panza, hombro, cara maquillada. Me inspecciono parte por parte. Después paso un dedo por las cicatrices. Ahí la piel es más fina y transparente.

Al costado de una pierna, encuentro moretones nuevos y hundo un dedo, hasta que se escapa la sensación. Después busco un peine y me lo paso por el brazo, rastrillando las venitas que explotaron con el peso de la valija. Me paso el peine con fuerza, araño, para estimular el flujo sanguíneo. Así, imito los gestos de Mirta, que todas las tardes encrema y peina sus piernas deformadas por las várices. Paso y repaso, me peino la sangre y me río por dentro de estar imitando esta costumbre llena de ignorancia.

Por favor, sacate los zapatos, dice Anna apenas entro al living. Y mientras me desabrocho las guillerminas, me concentro en las manos, su movimiento, para así mantener el miedo a raya. Anna tiene el pelo mojado y ronchas en el cuello por alguna alergia. El pelo más claro y más largo desde la última vez que hablamos por Skype. Abrimos las cervezas que compré. Anna mira un punto en el aire, mira de reojo mi ropa y pregunta, *¿Adelgazaste? No, no creo.* Y al mover los labios, siento la cara rígida, endurecida, tal vez demasiado maquillada.

Salimos directo al jardín. En puntas de pie, caminamos por el pasto sin cortar, buscando un lugar más o menos seco donde sentarnos. Anna mira el pasto, el jardín, como si nunca hubiese venido antes y esta fuera una expedición. Nos sentamos. Yo pienso un tema para sacar, y otro, de reserva. Los ovillo. Porque entre nosotras no puede haber silencios. El silencio sería un enorme fracaso.

Anna dice, *Ayer soñé que la oficina se incendiaba.* Cierra los ojos y tira la cabeza hacia atrás. Mueve el pelo hacia un lado y el otro, y lo arrastra en el pasto, cerca de mis dedos. Anna dice, *¿No sé si te conté que estoy pensando en renunciar?* Escondo la risa. *No, no me dijiste. Sí, estoy harta. El documental me está volviendo loca. Todos los días me toca editar las mismas imágenes. Una y otra vez las mismas películas de los sesenta. Carnaby Street. Las chicas en minifalda. Carnaby Street. La Vespa y la cabina roja.* Anna dice, *Es deprimente.* Digo, *Hay cosas peores.* Repito una frase favorita de papá, *Podrías estar trabajando en el puerto. Cargando bolsas.* Pero Anna no escucha o se hace la sorda. Anna dice, *Quiero hacer algo, no sé, más creativo. Tal vez podría volver a dibujar. ¿O vivir un tiempo en otro país? ¿Te parece que tengo que mudarme a otro país?*

Pregunto por las clases de cerámica. Anna dice, *¿Qué? ¿Todavía no viste mi maravillosa obra?*, y entra corriendo a la casa. Anna vuelve con dos bowls de arcilla y cuando se sienta en el pasto, yo observo sus piernas escuálidas, en las que nunca se marca la grasa de la celulitis, ni siquiera al aplastarse. *¿Te gustan? Sí, están buenos.* Anna dice, *Mentirosa.* Y me da un golpe seco en el codo, haciéndome perder el equilibrio. Anna dice, *Sos ciega entonces. ¿No ves que están llenos de* *grumos?* Anna tira los bowls en el pasto. Dice, *Igual ya no voy más al taller.*

Preparamos gin-tonics bien cargados. Nos recostamos sobre el césped, como sobre una curva. Rápidamente, el alcohol me adormece, me atonta. Siento la lengua pesada y, al hablar, tengo que hacer un esfuerzo, un esfuerzo agradable, para modular y así pronunciar las palabras bien en inglés, como las pronuncia Anna.

Cuando llega Thomas, viene a saludarme y yo huelo su aliento a café. El mismo aliento que tenía cuando estudiábamos. Thomas entra a buscar una cerveza y al no encontrar nada, grita, *¡Anna!* Y yo agrego, rabiosa, *Anna es tan mala. Egoísta*, dice Thomas. *Se tomó toda la cerveza sin pensar en mí.* Y Anna se tapa la cara, los ojos, y finge que llora. Thomas vuelve al jardín con la campera puesta. Se toca la ropa. Pregunta, *¿Alguien tiene algo de cambio? Voy a comprar más alcohol.* Y yo le doy las veinte libras que tengo en el bolsillo.

Cenamos un curry que Thomas prepara. El mantel de seda amarilla tiene manchas de otras cenas, otras comidas. Thomas pregunta, *¿Qué tal Buenos Aires? ¿Qué tal tu mamá? Qué lindo Argentina, tener tiempo para viajar, recorrer.* Le recuerdo que, para mí, Buenos Aires no es un lugar de vacaciones. Nací ahí. Thomas dice sin escuchar, *La verdad es que un poco te envidio.* Pero no es cierto. No me envidia en absoluto. Thomas pregunta después si el pueblo cambió desde que estudiábamos, y yo le digo que no. Todo está igual. Anna arma un cigarrillo y dice que si por alguna razón, no se imagina cuál, tuviese que volver a estudiar, se mataría. Todavía sueña que no pasa los finales. Anna dice, *Odié la universidad, pero el colegio sí me gustaba.* En el colegio pupilo ella y sus compañeras contrabandeaban alcohol. Licores, brandy. Hacían fiestas y bailaban lento, tocándose apenas, apoyando la punta de los dedos en los hombros, en la cintura de la otra. Durante un año, dos estudiantes de un curso inferior estuvieron enamoradas de ella. Le regalaban tabaco, CDs compilados. En invierno, se ofrecían a calentarle la tabla del inodoro. Las estudiantes querían que Anna las sometiera, las subyugase. Anna dice, *El colegio no estuvo tan mal. Además me hice muchas amigas.* Thomas le da un trago a su cerveza. Pregunta, *¿Y qué más? Nada, no sé.* Thomas insiste, *¿Pero qué más hacían?* Y Anna dice que a veces, antes de dormirse, apagaban las luces, se sacaban los piyamas, la ropa interior, y sobre las camas marineras se inspeccionaban unas a otras con linternitas.

Thomas bosteza. Dice, *Perdón. Estoy muerto. Corregir exámenes es agotador.* Además, sus alumnos de este año no son muy inteligentes. Thomas saca y mira su celular. Yo me levanto rápidamente y busco el tapado. Me calzo las guillerminas. Anna se mira las puntas del pelo. *Tampoco hace falta que corras,* dice. *Sos graciosa a veces.* Entonces yo me detengo. Como una liebre, me inmovilizo, justo debajo de la lámpara de techo. Mi cara se ensancha. Siento la piel dura, tirante. Como una máscara de cuero. Thomas se toca los bolsillos. Dice, *Esperá que te doy el vuelto.* Y yo le digo que se lo quede. *¿Segura? Segura.* No me importa que se quede con la plata de mamá.

Anna me acompaña a la puerta. Me escucho decir con voz finita, aflautada, *¿Hacemos algo este fin de semana? Mmm..., sí, no sé todavía cuáles son los planes. Pero sí.* Anna dice, *El viernes te llamo.*

De pie al lado de un árbol, espero que el pub abra sus puertas. Es absolutamente crucial que cuanto antes consiga un trabajo. Algo temporario, de subsistencia. Hasta que

Lucy conteste, hasta que todo se resuelva. Un empleo que cubra algunos de mis gastos y no me lleve a incumplir mi parte del acuerdo. Porque mamá está siempre al acecho, esperando el paso en falso. Espera, como toda madre, el tropiezo de su hija. Mamá olfatea mis rastros, cada una de mis huellas, en el resumen de compras de la tarjeta. *Topshop, 50 libras. H&M, 35 libras. Sainsbury's, el supermercado, 42 libras.* Una extraña correspondencia entre madre e hija. Cartas más bien anónimas. Impersonales. Mamá espera el momento ideal para obligarme a volver a su lado, para que nos resequemos juntas, en el interior de su casa perfecta. Inmaculada.

Alguien abre la puerta del pub, y yo dejo el currículum con un empleado que está enjuagando un vaso. Este es el currículum de trabajos temporarios, el que tiene borrados los estudios después del colegio. De otra forma, los managers sospechan. Huelen el resentimiento. La frustración. Pienso que este currículum es casi otra vida. La vida de mi gemela ignorante, la que no pudo entrar a la universidad.

Abro la lista que hice en el cuarto y busco en el mapa el lugar siguiente. Una librería de diseño. Hago un camino más largo, que me desvía, pero que pasa por delante de la casa de Thomas y Anna. La puerta de la casa es roja y arriba hay una glicina. Me paro enfrente, espero. A los quince minutos, me voy.

Cuando encuentro la librería, me aparto y practico moviendo los labios, *I was wondering whether you had any vacancies? ¿Me preguntaba si tiene alguna vacante?* Repito la frase otras veces, hasta lograr un tono casual, no forzado, como si la pregunta recién se me hubiera ocurrido y fuera Anna quien la pronunciase. Entro a la librería, voy hasta la vendedora y digo, *I waswont - I waswont - I waswontering.* Mi cuerpo se tranca como una mula. *No, perdón,* dice la vendedora. *No tenemos nada*. La vendedora mueve nerviosa hacia un lado y el otro sus iris azules. Y yo me lleno de odio por haberme equivocado al hacer la pregunta. Como si fuese una de esas mendigas borrachas o una inmigrante que aún no aprendió a hablar inglés. Me muerdo la lengua, hundo lentamente el colmillo en la carne blanda. Aguanto la respiración. El dolor me pellizca. Me trago la sangre. Pienso, que sirva de recordatorio. Un memento de este patético error. De esta distracción de principiante.

Tomo un bus a la zona 1. Me siento en el piso de arriba, al lado de una mujer que tiene pestañas postizas y una peluca barata, dura y brillante. Miro la pantalla que muestra distintos sectores adentro del bus, y cuando aparece la mujer de la peluca, y al lado mi cara y mi pelo, tengo la sensación de que estamos ahí, en ese otro bus, no en este. Y que nos están trasladando hacia alguna otra vida.

Me bajo en el centro. Miro las vidrieras en la calle comercial, colmada por masas de turistas. En el celular, busco el negocio que sigue a continuación, un local que vende materiales de arte. Sentadas detrás de un mostrador hay dos chicas de dieciocho o veinte, y yo dejo este negocio para después. Es preciso que esté preparada para sostener la mentira. Porque en el currículum cambié los años en los que estudié, para que parezca que nací más tarde.

En la librería siguiente, una alemana en silla de ruedas me dice que en unos tres meses tal vez necesiten a alguien, la otra vendedora está por tener un bebé. *¿Tenés hijos?*, pregunta. *¿Qué? No*. Me toma por sorpresa. La pregunta es totalmente inapropiada.

Entro al negocio anterior, el que vende pinturas y bastidores. Pienso que la experiencia, aunque humillante, debe servir al menos para fortalecerme. Las chicas, tal vez estudiantes de arte, ahora hablan sin ganas y juegan a agrandar los agujeros que tienen en la ropa de segunda mano. Cuando me acerco, examinan mi blusa, mis medias negras de Primark. Entonces yo agarro unos óleos y pregunto el precio. Mientras tanto, tomo nota mental de mi miedo, mis dudas, para extirparlos después.

Salgo. Atardece, pero todavía queda una franja de luz sobre las cornisas de los edificios y las ramas y flores más altas de un cerezo. Le mando un mensaje a Anna, *Hola, ¿estás ocupada? Estoy en la calle, más o menos cerca de tu casa*. Anna responde un segundo después, *Vení para acá si te dan ganas. Aunque te advierto que no está pasando nada muy interesante.*

Con la tarjeta, compro dos botellas de vino. Cuando llego a la casa, Thomas está haciendo ejercicios de japonés y Anna está recostada en un sillón, mirando videos. Abro una botella. Thomas pregunta, *¿Y hoy qué estuviste haciendo?*, y yo les explico que todo el día estuve repartiendo copias de mi currículum en pubs y otros negocios del centro. Digo, *Fue muy desmoralizante*, y Anna pone cara de pánico y dice, *Pobre. Debe haber sido horrible.* Me escucho hacer el relato del día. Una voz aguda, algo afectada, cuenta una serie de anécdotas graciosas. Como si hubiese sido otra, mi gemela, la que entró a las distintas tiendas. *Me canso de solo escucharte*, dice Anna. Thomas me sirve más vino. Mientras, esa voz sigue avanzando, arrastrada por un extraño impulso. Repito, *Fue desmoralizante. Muy desmoralizante.* Y al pronunciar las palabras, me doy cuenta de que ya dije esta misma frase demasiadas veces.

Comemos los restos que Thomas encuentra en la heladera. Sobre la mesa redonda, Anna estira el mismo mantel amarillo, cada vez más sucio. Thomas habla de su trabajo en la universidad. El trabajo que prácticamente vino a buscarlo al terminar la carrera. Le están pagando un curso de japonés. No hay suficientes profesores que puedan dar clases sobre arte asiático. Tal vez lo hagan viajar. Lo entrenen. Thomas le pregunta a Anna, *¿Y si vamos a Japón?* Anna dice, *Sí, podría ser. Uno o dos meses. No más. Dicen que Kyoto es muy linda*. Anna me apoya una mano en el brazo. *Es una buena idea, ¿no? ¿Vos qué pensás? Lo único malo es que tendría que postergar las clases de dibujo.*

Abrimos otra botella. Thomas quiere practicar el japonés y bajó una película animada. ¿Queremos verla? *No, basta de anime*, dice Anna. Pero nos sentamos en el sillón y vemos la película que Thomas pone en su computadora. Anna resopla. Deja una mano sobre mi rodilla. La acaricia encima de las medias negras. Anna aprieta la rodilla varias veces para distraerme. Pregunta, *¿Tengo los labios violetas de vino? ¿Tengo el beso de la muerte?* Anna me muestra su boca, y cuando yo acerco mi cara, Anna me mete la lengua y me la pasa por los dientes, forzándome a separarlos.

Anna se para y me baja la pollera, sin sacármela del todo. Me desabrocha la blusa, ignorando las marcas sobre la panza y los muslos. Después se desviste y vuelve al sillón. Anna separa las piernas. Y yo empiezo a tocarla mientras intento recordar qué era lo que le gustaba. Anna desabrocha el pantalón de Thomas, lo baja y se sienta encima. Y yo me quedo muy quieta, sin tocarlos ni tocarme. Solo observo la espalda de Anna cubierta de pecas, lunares y una hendidura más roja en la piel donde estaba el corpiño.

Anna gime y se refriega, cada vez más rápido. Gime más fuerte y se cae con todo su cuerpo hacia adelante. Thomas termina después, gruñendo, adentro de Anna. Anna va al baño a enjuagarse y cuando sale, apoya la espalda contra el marco de la puerta y se toca muy rápido, moviéndose como si estuviera poseída. Thomas dice, *Qué ridícula*. Anna se sienta en el suelo. Me abre las rodillas y me muerde la piel de los muslos. Siento su cara caliente, pegajosa contra las piernas. Anna me lame, mientras Thomas mira y se acaricia muy despacio, recostado en el brazo del sillón. Cierro los ojos, aprieto los puños y cuando siento que ya me pasé, cuando siento que ya me alejé de ese centro, jadeo, arqueo la espalda y me muerdo el labio de abajo. Anna se limpia la boca con el dorso de la mano. Pregunta, *¿Te gustó? Sí, gracias.*

Thomas apaga la laptop, se sube el cierre y se va al dormitorio. Yo me acomodo la ropa, y cuando me subo la bombacha, noto una mancha de sangre, una de esas manchas marrones y viejas, y pienso que Thomas y Anna deben haberla visto. Ya nunca van a llamarme. Alguien tendría que venir a romperme las costillas.

Busco mis zapatos al lado de la puerta. Anna dice, *Creo que ya te perdiste el último tren*, y trae el colchón inflable. Entre las dos estiramos las sábanas, una manta. Le ponemos la funda a una almohada. Anna bosteza. Dice, *Es una linda idea lo de Japón, ¿no te parece? Podría tomar clases de dibujo ahí. Bueno, dormí bien.*

Boca abajo, sin desvestirme, separo apenas las piernas y me refriego contra la costura plástica en el borde del colchón. Dejo que la costura raspe mi clítoris. Hago que lo hinche y lo irrite, como si fuera a cortarlo en dos.

Paso mucho tiempo en el cuarto. Cambio de lugar las postales, vuelvo a mirar los vinilos. Una y otra vez, ordeno los pocos objetos de la habitación. Doblo la ropa que está en la valija. Cruzo las mangas de los pulóveres, los suéters. Pliego. Envuelvo bien mis zapatos en bolsas de plástico, así las suelas que pisan la calle no manchan la tela. Que toca la piel. Como vi hacer a mamá tantas veces. Antes de un viaje o cuando cambiaba la ropa en el placard al comienzo de una estación nueva. También después de que papá murió. Mamá dispuso de todo. Cada objeto. Pocas pertenencias. Trajes, un reloj. Algunos pañuelos de tela. Mamá realizó un inventario preciso de la vida de papá. Más tarde, esas cosas se evaporaron. Tal vez, mamá las donó a la iglesia.

Miro a través de la puerta-ventana. De día, la casa es extraña, luminosa. Es imposible saber si Wilhem, el otro inquilino, está en su cuarto o no. De día la casa se abre a un silencio que es también un vacío, flotante y en expansión, que toca el aire del cuarto y los espacios libres de mi cuerpo. Penetra las cavidades entre mis órganos, mis pulmones. Se cuela en cada orificio, en cada doblez. Y cuando pasa un avión, cada dos o tres minutos, el aire y el cielo se rajan con las turbinas, se parten muy lentamente, y el vacío y el silencio se propagan y florecen.

Una mañana, limpio adentro de las alacenas. Saco la vajilla, envases y latas de Wilhem, y con un trapo refriego las costras, restos de salsa y comida pegada sobre los estantes. Limpio los vidrios hasta hacerlos desaparecer. Casi al terminar, escucho la llave en la cerradura y subo corriendo a mi cuarto. Oigo los pasos en la escalera y después tres golpes fuertes contra la puerta. *¿Estuviste limpiando?*, pregunta Wilhem. Con odio. Acusándome. *No te pedí que limpiaras. Y por favor, dejá de tocar mi comida.*

Abro mis mails. Nada. Presiono *actualizar*. Nadie escribió excepto mamá. Mamá quiere saber de Londres, de la nueva casa. Mamá pregunta, *¿Cómo se llamaba ese salón donde tomamos el té? Cuando puedas, mandame una foto de tu cuarto. Yo acá te mando una foto del perro, que recién llegó del* *bañador y tiene una campera nueva. Saludos, mamá. Posdata: ¿Alguna novedad del posgrado?* Seguido de varios emojis de flores, una hoja otoñal. Releo el mensaje. Sospecho que a mamá solo le interesa el posgrado, y el mail es una excusa para hacerme la pregunta. Mamá, a veces tan obvia, algo inocente. Sin ningún talento para el cálculo. Y, sin embargo, insidiosa. Porque mamá abre la boca y yo siento la sangre en la cara. Siento el borde de mi cara hervir. Mamá suele decirme en esos casos, *Mirá cómo estás. Toda roja.* Alguna vez la empujé. Fue hace algunos años. No muchos. Grité, *¡Salí de mi cuarto!*, y presioné mi mano contra su espalda fuerte de nadadora. En la palma, sentí la piel ya vieja, escamosa. Entonces las dos nos quedamos muy quietas. Tal vez nos reímos, de nervios. Porque mamá y yo no nos tocamos. Mamá y yo siempre evitamos el contacto físico.

Abro la foto. El perro está echado sobre la alfombra gris del estudio, mi viejo cuarto. Tiene una pata doblada, como enrollada dentro de sí misma. Dos remolinos beige en el pecho. Y envolviéndole el cuerpo, sobre el pelaje suave, una campera cuadrillé. Le escribo a mamá, *Muy tierno.* El perro, mamá son signos de normalidad. Una normalidad en la que existen también Anna, Thomas, Lucy y la expolitécnica. Y solo en un estado de normalidad pueden suceder cosas buenas.

Todas las tardes, al bajar el sol, corro. En calzas, aunque haga calor. Me ato el pelo en una colita apretada, que me tira del cuero cabelludo. Pero una hora después, cuando me lo suelto, siento que mi cabeza flota, no existe. Es agradable. En la zona 3 hay pocos parques, y corro por la vereda. Si no hay autos estacionados, corro algunos trechos sobre el cordón. Clavo la vista en el horizonte, en el final de la calle, nunca en los pies. Así el cuerpo perfecciona el equilibrio. A veces, observo los animales de porcelana, trofeos y flores de plástico que adornan las ventanas de los monoblocks. Objetos enmarcados por cortinas de nylon, chenille. Como en un teatro pobre. Más bien lamentable. Corro en una dirección, sin doblar, y en el minuto treinta y cinco, corro de vuelta.

Una mañana, cuando abro mis mails, encuentro un mensaje de Lucy. Sin hacer clic, leo un fragmento de la primera oración. *Nos complace informarte...* ¿Podría asistir a una entrevista en dos semanas? Algo se derrama dentro de mí. Fin del recreo. Suena la campana. Voy a salir adelante. Triunfar. Es una promesa. Le reenvío el mensaje a Anna. Anna me manda una fila de caritas sonrientes, corazones. *¡Te felicitoooooooo! ¿Te dije o no que iba a salir todo bien?*

Busco un lápiz a mina. Imprimo la propuesta que envié y sobre los márgenes anoto posibles objeciones. Me anticipo haciendo una lista de preguntas. Filosas. Punzantes. Es importante llegar preparada. No entregarse a la suerte. *Tu suerte*, la llama mamá. No es aconsejable improvisar.

Sentada en la alfombra, memorizo las respuestas a las preguntas esbozadas. Las recito en voz baja, como si les hablara a mis pies, a mis piernas y a las medias negras que tengo bajo la pollera. Y si me olvido un fragmento o me taro, golpeo las rodillas con los puños. Golpeo con todo mi ser y repito la frase palabra por palabra. *Still-life. Supone una in-te-rac-ción entre lo vivo y lo muerto, aquello que es móvil y aquello que es inerte. Lo animado y lo i-nanimado.* Repito cada palabra hasta tatuarme la frase en la mente. El método más efectivo. La repetición. Es infalible. Aunque el cerebro esté fuera de práctica. *La memoria es un músculo elástico*, decía a veces papá. Elástico o no, es necesario forzarlo. No importa si después la cabeza se vacía como un colador.

Murmuro nombres, fechas, datos. Paso y repaso el surco. Clavo la punta del lápiz en mis rodillas gordas y abro un agujero en las medias cancán. Y cuando por fin lo logro, cuando logro sellar todas las lagunas, me paro de un salto y abro la puerta-ventana. Salgo al patio y camino despacio entre la maleza. Me veo andar bajo el cielo. Rígida. Electrizada. Me arreglo la hebilla de nácar, pero apenas contengo la furia que me posee. Una alegría tan grande, solar, que no me cabe en el cuerpo.

Practico en la casa de Thomas y Anna, después de cenar. Anna lee varias veces las preguntas y yo repito las respuestas que fui memorizando. De vez en cuando, agrego pausas, gestos de duda. Para no sonar tan artificial. Una autómata o una muñeca parlante a la que acaban de tirar de la cuerda.

Anna se divierte haciendo de examinadora. Intercala comentarios. Inventa preguntas. Finge un acento del norte. Mal. *Entonces, cuéntenos, candidata X. ¿Por qué quiere venir a estudiar a este pueblo ventoso, un páramo, del que hasta las vacas y ovejas quieren huir?*

Llego temprano a la estación. En el baño, me paro frente al espejo, levanto los brazos y examino las manchas oscuras que tengo en las axilas. Fue un error ponerme esta blusa de Anna. Aceptar sus zapatos con taco. Busco el bolsito de los cosméticos. Mi piel está gris, ajada. Aunque, por suerte, menos reseca que la piel de las empleadas que se maquillan al lado mío. Mujeres gastadas, de poros abiertos, que aplican sombras barrocas, violetas y azules, sobre sus párpados venosos.

Durante el viaje hacia el norte, practico. En voz baja, repito una vez más las respuestas ensayadas, ahora sin tocar ni mirar las hojas que imprimí. Para evitar tentaciones, enlazo mis dedos sobre el papel. Aprieto. Espiar sería, en este punto, una mala señal. Un signo de debilidad, de que no estoy preparada. Aunque incluso si quisiera hacer trampa, las hojas apenas son legibles así como están, llenas de tachones, flechas y asteriscos. Y en los márgenes, flores inmensas, cruces y espirales, realizadas en los momentos de distracción.

Lucy me espera detrás de una puerta de vidrio. Me da la mano, formal. *Es un placer conocerte*, dice. *¿Qué tal el viaje?* Lucy me habla como si nunca me hubiese visto. Tal vez que nos conozcamos de antes presenta un problema legal. Cruzamos un hall que huele a pegamento. Lucy dice, *Esta área acaba de ser inaugurada*, y entramos a un aula vacía excepto por algunas computadoras. Lucy me lleva a otro piso. Por un corredor, me guía a una sala amplia, con poca luz. Sentados detrás de una mesa hay dos hombres y una mujer. Lucy los presenta. El director del departamento de artes y dos profesores. Lucy dice, *Buena suerte*, y levanta una mano para saludarme, alegre, en una actuación que seguramente es para sus empleadores.

Podés sentarte, dice el director, y yo me acomodo en la silla baja que está frente a ellos. Pego los brazos al cuerpo, para ocultar las aureolas grises, enormes, de transpiración. El director comenta brevemente sobre el clima. Hace un calor excesivo para mayo. La primavera en el norte suele ser bastante más helada. El director dice, *Bien. Empecemos entonces*. Revuelve papeles y hace preguntas generales sobre mi propuesta. Yo repito con exactitud las notas que memoricé. No me equivoco. El director hace nuevas preguntas. Menciona libros que yo conozco en detalle, libros que resumí enteros mientras estudiaba, incluyendo las notas al pie. *¿Y no podría vincularse esta idea con lo que propone Norman Bryson?*

El director se entusiasma. Y yo me aferro a sus ojos verdes, cansados. Me relajo, apenas. Creo que el director está de mi lado. Parece querer ayudarme, beneficiarme. Y de un modo tangencial, beneficiarse. Me escucho hablar, escucho las palabras que salen de mi boca, en un inglés menos correcto que el habitual. Cometo un error de gramática. Grito sin querer. Los dos hombres hacen una mueca. Mueven casi imperceptiblemente sus mejillas flojas, cubiertas por derrames vasculares. Mientras la profesora, una vieja, toma notas rápidas, sin levantar la vista.

Muy bien, dice el director. *¿Alguien quiere hacer alguna otra pregunta? No, por mí no,* dice el profesor. *Creo que ya escuché suficiente.* Pero la profesora dice, *Gracias. Fue muy interesante tu presentación. Entonces, teniendo en cuenta lo que expusiste, me preguntaba...* Finge solo un instante un tono cordial. La profesora relee sus notas. Plantea una contradicción muy grave en mi propuesta. Cita mis propias palabras, *En un momento, dijiste que...* Menciona un autor importante y sugiere que no lo leí. La profesora revela un error tras otro. Habla sin hacer pausas. Casi no respira. La profesora escupe veneno. Mi propuesta está llena de falencias.

La profesora termina su comentario. Toma un sorbo de agua. Se acomoda el pelo. No hace preguntas, pero de todos modos sé que es mi turno para responder. Responder significa defenderse. Siento la cara caliente. Cada rasgo de mi cara se deforma. Intento pensar alguna respuesta, algo para decir, pero mi mente ahora está en blanco. Alguien tendría que venir a patearme la cabeza. Y así despertarla. O reventarla a golpes. *No te preocupes*, dice el director. *Estas situaciones pueden ser muy estresantes.* Y los dos profesores miran hacia abajo, a la nada, y esperan. Veo al director pestañear muy rápido, como si se le hubiesen secado los ojos.

Después de algunos segundos, la profesora ordena sus hojas. Triunfal. *Bueno*, dice el director. *Vamos cerrando, me parece. Creo que podemos dar por concluida la entrevista.* El director me agradece por venir de tan lejos. Miente y me dice que tienen que entrevistar a otros dos candidatos. La beca es muy buena y la competencia feroz. Pero tan pronto como se decidan van a llamarme. En no más de tres, cuatro días. Entonces yo me pongo de pie, me acerco a darles la mano, uno por uno aprieto sus manos, y digo en un inglés deficiente, *Gracias por esta oppo-pportunidad.*

Camino a la estación, mi cuerpo se choca con la gente. Los otros son bloques, columnas, que ofrecen sus codos, sus huesos de hierro. En el tren, voy directo al baño. Saco las guillerminas, me cambio los zapatos y guardo los de Anna en el bolso. Refriego las manos con jabón. Las manos que siento muy sucias, como si estuvieran cubiertas de polvo o ceniza. Miro alrededor. Mis ojos buscan. Las cosas del baño me buscan, acechan. Abro la puerta del baño, encajo tres dedos entre el marco metálico y la puerta, y cierro. Y entonces todo se detiene. Un cortocircuito. Un vacío. Como un martillazo en la sien. Y después llega el dolor, una ráfaga caliente en la punta de los dedos, y mi corazón late con fuerza, corre enloquecido y cae desbocado en un abismo. Apoyo la frente contra la puerta. Siento una arcada. Basura. Basura. Perdedora. Voy a quedarme atrás, siempre atrás. Incapaz de siquiera pasar la entrevista de una expolitécnica.

Tambaleándome por el pasillo, busco mi asiento. En el celular tengo un mensaje de Anna, *¿¿Cómo te fue?? Llamame en cuanto termines.* Guardo el teléfono. Pongo la mano reventada entre las piernas y cuando se apaga el dolor, repaso mentalmente el desarrollo de la entrevista. Analizo cada detalle. Cada palabra. En particular, el ataque de la profesora.

La vieja envidiosa, escuálida. Inmunda rata de provincia. Aunque era mi deber ir mejor preparada.

Días de lluvia. Dejo que el veneno se expanda, se acomode en cada una de mis células. Como una serpiente que muy lentamente se va deslizando y reparte sus huevos.

Termina el subalquiler y vuelvo a los avisos de los cuartos. Cama doble o simple. Con o sin placard. Elijo uno cualquiera para junio. Un monoblock. Cuando un ácido empieza a quemarme el estómago, salgo de la cama y me pongo las calzas. De la alacena de Wilhem, saco cereales, me sirvo un poco de leche y subo a comerlos a mi habitación. A la tarde, corro haciendo un camino distinto, en subida. Imagino a la profesora arqueando una ceja. La profesora siente una pena enorme. Pena y desprecio por esta estudiante extranjera.

Me estiro hasta que oigo crujir todos mis huesos. Fuerzo en los músculos una línea de sensación. Me desvisto. Por la lluvia, tengo las calzas y la remera mojadas, adheridas al cuerpo. Como una piel diferente, más fina, que es necesario arrancar. Refriego el corpiño en la ducha y después en el cuarto lo cuelgo en la manija de la puerta. No en el radiador del baño, porque a Wilhem la costumbre, me dijo, le parece repugnante.

Pongo la toalla sobre la cama. Así no mancho la manta, que no me pertenece. Me saco una horquilla del pelo y con la punta afilada raspo y arranco las cascaritas que se formaron donde me quemé. La piel está tersa, receptiva. Me acoge. Se abre y me abro. Raspo hasta sentir que voy a desmayarme, y cuando escucho un zumbido, paro. Hundo la punta de la horquilla, y entonces mi cuerpo se encrespa y retuerce como una babosa bajo la sal.

Dos días más tarde, tengo un mail de Lucy. *Me complace informarte que el director del departamento ha decidido otorgarte la beca. En pocos días, vas a recibir un correo oficial.* Le reenvío el mensaje a Anna y después le mando un mail a mamá, *GANÉ*.

Me peino, me pongo brillo en los labios. No puedo hablar con mamá si estoy desarreglada. Nos conectamos. Veo la cara de mamá en la pantalla, contra el fondo de su dormitorio. Distinta, pero no tanto. Aunque es temprano en Argentina, mamá ya está maquillada. Conozco bien sus trucos de belleza. Los labios pintados de oscuro. Sombra verde para resaltar el gris de los ojos y así distraer la mirada del anillo extraño que envuelve la córnea. Un anillo blanco y opaco, como un círculo de nieve.

Nena, te felicito, dice mamá, y cuando acomoda la pantalla, noto que tiene el flequillo con canas. Digo, *Mamá, me parece que no te teñiste muy bien. Solo vos te das cuenta,* dice ella. Mamá se peina el flequillo, busca reencauzar la conversación. *Vos, en cambio, estás muy bien. Muy delgada.* Mamá agrega, *Qué bueno, ¿no? Por fin... ¿Por fin qué?* Mamá enseguida me irrita. Mamá dice, *No sé. Te digo en chiste. Por fin una buena noticia. Quiero decir, te costó.* Digo, *No sé con qué parámetro.* Mamá pregunta, fingiendo un tono curioso, *Y esta universidad, ¿es buena? Tal vez más adelante puedas volver a la otra, al pueblo.* Y yo le explico, por enésima vez, que en Inglaterra es imposible cambiarse de universidad. ¿No se lo dije ya unas setecientas veces? Digo, *Mamá, ¿sos arterioesclerótica? ¿O ya te dio Alzheimer?* Mamá dice, *Perdoname, me olvidé.* Pero yo ahora quiero que mamá entienda. Quiero que le entre de una vez la idea en la cabeza. Digo, *Igual quedate tranquila que van a pagarme. Me van a dar una beca. Entendés eso, espero. Es como un trabajo, solo que estudiando.* Mamá dice, *Sí, sí. Ya entendí. Lo que me preo-*

cupa un poco es la edad que vas a tener al terminar el curso. Porque, ¿cuántos años vas a tener? Mamá responde a su propia pregunta, *Vas a ser una grandulona.* Mamá sonríe con timidez. Yo me acomodo en la silla ruidosamente. Siento un dolor en el cráneo, en las muelas. Digo, *¿Y eso qué tiene que ver? Bueno, bueno,* dice mamá, muy lento, como calmando a un caballo. *Mirta también te felicita. Y te manda un saludo muy grande.*

Se hace un silencio. Un preámbulo. Inquietas, la madre y la hija evitan mirarse. Observo un punto cualquiera en el dormitorio. La cortina estampada con rosas, prolijamente sujeta. La tapa de mármol del vanity. Por fin, mamá dice, *¿Necesitás más plata?* Y yo finjo que pienso un instante y juego mi carta más alta, *¿Podrán ser tres mil? ¿Libras?*, pregunta mamá, incrédula. *No van a ser pesos.* Mamá dice que tres mil es mucho. Demasiado. ¿Para qué tanto? Mamá agrega, *¿Vos tenés idea de cuánto es en pesos? ¿La fortuna que es en pesos? ¿Hiciste la cuenta?*

Envuelvo a mamá con palabras. La embauco, la lleno de promesas. Hay que mirar al futuro. Planear. Le digo, *Pensá que después de septiembre no vas a tener que mandarme más plata. En octubre, empiezo a recibir la beca, así que esta es la última vez que te pido. Y mejor si transferís todo de golpe.* Aclaro, *Así me organizo.* Mamá duda. Se muerde el labio. Furiosa. Tal vez se sienta estafada. Una hija esquilma a su madre. Una hija la desangra. Mamá baja los ojos y mira la alfombra. Dice, *Tres mil. Ni un centavo más.* Mamá va a enviarme la plata a pesar de sí misma. A regañadientes. *Pero no usés más la tarjeta,* exige. Esa es su condición.

Tomo el metro hacia el Támesis y camino por la ribera sur. Cruzo la rampa de los skaters. La calesita dorada, que imita un carrusel antiguo. *Todas las edades son bienvenidas. Los corceles más finos de Inglaterra galopan para su placer. Galopan para su placer. Galopan para su placer.* Observo el cielo. Volando bajo, apagando el sonido del río y la música de la calesita, pasan los helicópteros rojos de la brigada antiterrorismo.

Saco algo de la plata que mamá me transfirió. Entro a un pub cualquiera. Un pozo con banderines de fútbol y frascos con huevos en vinagre sobre el mostrador. Pido un vodka tónica y me siento en la barra a esperar. Me siento como Anna se sentaría. Las piernas cruzadas y el cuerpo algo torcido, desbordado del asiento, para exhibir el muslo. Trituro el hielo. Tomo rápido, para que el vodka haga efecto y me relaje. Un hombre se para a mi lado. Es bajo, y tiene los ojos verdes, grandes y fríos. El hombre pregunta, *¿Puedo tomar acá? ¿Puedo sentarme?* El hombre está muy nervioso. Tiene miedo de ser rechazado. Humillado. Pero no voy a rechazarlo. Inclino la cabeza de una manera sensual. Digo, *Sí, si me invitás otro vodka.* El hombre duda. Dice, molesto, *¿Perdón? No entendí bien.* Y yo me oigo decir, con voz de maestra, *Digo que podés tomar conmigo si me invitás otro trago.* El hombre paga una ronda. Dice que vive en Jagodina. El hombre pregunta, sarcástico, *¿Sabés dónde es Jagodina? Sí. En Serbia.*

El serbio dice que va a estar en Londres por muy poco tiempo. Solo setenta y dos horas. El serbio dice, *Y si pudiera irme antes, me iría.* Londres lo asfixia. El ruido, la falta de espacio lo irritan. La contaminación lo exaspera. El serbio dice que el hombre no fue creado para vivir de este modo. No es natural. Este estilo de vida lleva inevitablemente a un desequilibrio. El serbio pregunta dónde nací, y yo respondo, *En el norte de Inglaterra. ¿Sí?* El serbio estudia mis rasgos, desconfía. Señala mi cara. Dice, *No imagino así a la gente del norte.* Le explico que mis padres son portugueses.

El serbio pregunta cómo es el norte, cómo es la naturaleza. *Linda*, digo, y describo colinas y un río que vi desde el tren, de camino a la expolitécnica. *¿Y cómo es la gente?* Repito lo que escuché mil veces. La gente es muy agradable, mucho más abierta que en el sur. El serbio dice, *¿De verdad? Eso me sorprende.* Él todavía no conoció a un inglés que no sea arrogante. Además de materialista y superficial. Pasó mucho tiempo desde la Segunda Guerra, y los ingleses ya se olvidaron de la escasez. El inglés, desde su punto de vista, es un pueblo que se piensa superior. Un pueblo frío que no valora las relaciones humanas. El contacto verdadero. Esa es su impresión, al menos. El serbio habla rápido, con odio. Para calmarse, le da dos sorbos a su vodka tónica. Dos sorbos muy chicos, como si quisiera que su trago durase toda la noche.

El serbio dice, *Aunque siempre hay excepciones. Se nota que vos sos buena persona. Ni materialista ni superficial. ¿Vivís en Londres? Sí.* El serbio dice que me compadece. Para él sería una tortura. Podría vivir en el sur de España o tal vez en Italia. Incluso en Croacia. Pero en Londres, jamás. Él necesita buena comida, amigos. Además de la naturaleza. El serbio dice, muy serio, *Para mí la amistad es muy importante. ¿Para vos? También. ¿Y pensás que puede haber amistad entre el hombre y la mujer?* Le digo que no estoy segura. *Depende.*

El serbio pide otra ronda. Yo le doy la mitad de la plata. *No, no, por favor*, dice. El serbio chasquea la lengua. Toma la plata. Dice, *Gracias.* El serbio guarda la plata en el bolsillo y yo observo sus manos de uñas comidas hasta las cutículas. Pienso que, tal vez, con esas manos quiera tocarme. El serbio pregunta cuál es mi trabajo, y yo le digo que soy estudiante. *¿De verdad?* El serbio hace una mueca irónica. Revisa mi cara, el contorno de mi boca, los ojos. Él trabaja en una empresa de seguros. Y detesta su trabajo. Lo explotan.

Compro otros dos vodka tónica. Le apoyo una mano en la rodilla. Quiero que entienda de una vez por todas que no tiene que impresionarme ni cortejarme. Soy presa fácil. Estoy entregada. Regalada. El serbio dice, nervioso, *Se ve que a las inglesas del norte les gusta tomar.* Y sus ojos verdes, enormes, se enfrían todavía más. De a poco, empiezo a sentir la cara pesada, de plomo. Los párpados muertos. Aunque sé que mis ojos brillan, alegres. Brillan por su cuenta. Y también mi cuerpo, ahora torpe y lento, tiene un movimiento independiente, que ya no es posible detener ni controlar. Me escucho reír bajito y hago un fondo blanco con lo que queda de vodka. Digo, *Y además, nunca me emborracho.* El serbio también termina su vodka. Traga con asco, como si estuviese tomando aguarrás. El serbio dice, *Ya vamos a ver. Se verá durante la noche. Aunque me cuesta bastante creerlo.*

Hacemos shots de tequila. Al lado nuestro, dos mujeres con tacos aguja y remeras muy apretadas se caen al suelo y se abrazan. Se ríen histéricamente y ruedan sobre la alfombra. El serbio les da la mano, las ayuda a levantarse. El serbio sacude la cabeza. Dice con desprecio, *Qué patéticas. Las inglesas son todas unas borrachas.* El serbio mira a las mujeres alejarse, y cuando ellas entran al baño, me clava la punta de un dedo en la espalda y me dice que vayamos a su hotel.

En la habitación, el serbio prende solo la luz de un velador. El serbio se sienta en la cama, se desabrocha el jean, y dice, *Chupámela.* Yo me dejo caer en la alfombra con agilidad, y lo beso muy lento, lo lleno de besos, escuchando un zumbido cerca de mi oreja y su respiración cortada. El serbio se impacienta. Me agarra del pelo. Dice, *No. Así, no. Más fuerte.* Le pido que me disculpe. Puedo hacer lo que él quiera.

Tengo miedo de que ahora se arrepienta y me eche o quiera irse. *Mejor vení adentro mío*, le digo. El serbio me tira en la cama. Y mientras me baja la pollera, las medias, la bombacha, dice que va a hacerme el favor. Aunque yo sea un cuatro o un cinco. Un seis, con un poco de suerte. Y él nunca se acuesta con menos de un siete. Normalmente, no me tocaría ni con un palo. Así que espera no verme la cara por la mañana, darse cuenta, con la luz del día, sin maquillaje, de que soy un dos o un tres. Él ahora va a hacerme el favor porque me vio necesitada. Y entonces yo aprieto las piernas y siento un tirón, un desgarro. Siento un dolor poderoso que me fisura por dentro. El serbio se mueve rápido, sacudiéndome, mareándome, y cuando está por terminar, me da vuelta, me acerca la boca al oído y me susurra en una catarata de palabras que en cuanto me vio, apenas me vio sentada en el bar, supo quién era, cómo era, pudo ver mi alma podrida. Como si yo hubiese estado siempre desnuda. El serbio jadea en mi oído, presiona. Dice, *Jamás te daría mi semilla*, y yo siento su semen chorrearse en mi espalda. El serbio me empuja hacia un lado. Camina hasta el baño. El serbio dice que nunca habría podido engañarlo, porque él me conocía desde antes, desde siempre. Desde una vida anterior.

Segunda parte

Empiezo a prepararme para el posgrado. Es necesario que cubra todos los frentes. Igual que cada febrero, antes de un nuevo año de clases, repasaba las carpetas del año anterior. En particular, las de física y matemática. *Tu talón de Aquiles*, decía papá. Hay que protegerlo. *Acordate de que por ahí se coló la flecha que le lanzó Paris. Matándolo.* Papá hablaba de la importancia de la educación. Día tras día, noche tras noche, me perforaba el cerebro con esta idea.

Sacudo la manta. Con la mano, barro las polillas e insectos que se quemaron en la bombita pelada. Leo ensayos, libros online sobre la naturaleza muerta, sobre la luz y la visión, y hago resúmenes de lo que leo en mi laptop. Entre un libro y otro, siempre que el casero no esté, bajo a la cocina. Busco una porción de caballa ahumada, me sirvo un vaso de agua y vuelvo a la habitación. Como en la cama, mirando el plato sobre la falda y las espinas que me saco de la boca. En este cuarto que alquilé durante un mes no hay escritorio ni silla. Solo la cama y una ventana angosta, de marco blanco, como en todos los monoblocks.

Voy tomando notas y me inunda el miedo de que tres meses no alcancen para ponerme al día. Y por consiguiente, empiece desfasada respecto de los demás estudiantes. La mayoría mujeres, seguramente más jóvenes. Tontas, tal vez, malas estudiantes, pero ambiciosas. Las estudiantes del norte van a sacarle el jugo al posgrado, por el que sus padres pagarán una fortuna. Nietas y bisnietas de mineros.

El pelo lacio, rubio o pelirrojo. Las caras anchas, muy maquilladas. Pintadas como puertas, diría papá.

Voy a la biblioteca local. Pido libros hermosos, forrados en cuero, y pienso que tal vez sea la primera en sacarlos. Yo los rescato. Porque a la biblioteca solo entran los mendigos. Tuertos, rengos que apestan a alcohol. Usan el baño para lavarse y se duermen babeando los sillones. Los más solos y viejos hacen crucigramas. Transcribo páginas enteras. Uso una letra para lo que copio y otra para mis apuntes. Después releo y corrijo todos los errores tipográficos.

A veces, también tomo nota de datos extraños, curiosidades. Marco en celeste las frases e ideas que son llamativas y destaco las imágenes más luminosas. Aunque lo más probable es que no tengan ningún valor para la futura tesis. Memorizo algunas, para repetírselas a Anna y así sorprenderla. O desnudarla en su ignorancia. *La hoja de la 'Victoria regia (amazonica)', el más grande de todos los lirios del agua, puede soportar el peso de un niño* (Stepan). *La luz de la selva es semejante a la luz de un acuario* (Lévi-Strauss). *Los ramos [que pintó Courbet] evocan el interior de su cuerpo, sus órganos y sus vísceras, que se abren, florecen ante nuestros ojos en la más radical externalización de las sensaciones y los sentimientos* (Fried). *Todo lo visible está acariciando el ojo* (Lévinas).

Otro día releo las notas, mis comentarios, y veo su debilidad. Es increíble. A medida que leo, siento una presión en el cuello, dedos que se cierran sobre la garganta. Es una gran decepción. Estas notas son una gran decepción. Los apuntes de una estudiante vulgar, no la egresada de una institución de excelencia. Que depende de su mirada y sus pensamientos para progresar. Porque el esfuerzo no alcanza. No es suficiente. Aunque yo vaya a esforzarme hasta el último límite del cuerpo. Y después todavía un poco más. *¿Pero qué vale el esfuerzo sin suerte?*, decía papá.

Leo, paro y clavo la punta afilada del lápiz en las yemas de dos dedos. Clavo y escarbo hasta sacar gotitas oscuras de sangre. Espero. De un dedo cae una gota. Y sin embargo, dentro de mí queda un residuo de odio. Corro al baño. Me encierro. Pongo los dedos bajo la canilla. Una mano obliga a la otra a quedarse bajo la canilla. Y el dolor estalla, gana una nueva fuerza y se vuelve todavía más intenso, más perfecto, gracias al agua que fluye y fluye, amplificándolo.

Al anochecer, corro alrededor de un parque que refaccionan. Las excavadoras remueven la tierra y liberan un lodo grisáceo, fétido. Corro una hora o una hora y cuarto, para cansarme, aunque a la noche nunca tengo sueño. Apago la luz, y desde la cama observo el cuadrado vacío de cielo contra el vidrio. Escucho música. En el celular, leo viejos mensajes que nos mandamos con Anna, y pienso que solo Anna podría salvarme de Argentina y de mamá.

Cuando por fin me saco los auriculares, escucho las voces y risas de los polacos que toman vodka en el patio de la planta baja. Los vi una noche desde el balcón-pasillo, el que comunica los distintos departamentos de este monoblock. Volvía de correr. Hacía un calor asfixiante. Los polacos, gordos, en musculosa, tomaban sentados en reposeras metálicas, al lado del sector de juegos infantiles. Fumaban, borrachos, y cada tanto estiraban un brazo para rascar las costillas de los pitbulls negros que dormían a sus pies.

Tercera semana en el monoblock. Comienza nuevamente la búsqueda de cuarto. En el sitio de los subalquileres, reconozco las habitaciones sin tener que agrandar las imágenes. Los cuartos que todos rechazan, publicitados una y otra vez. El que no incluye ventanas, el que tiene un espejo esfumado que va de la alfombra al techo. Cuartos feos y caros que ofrecen ingleses para inmigrantes recién llegados.

Le pregunto a Anna si puedo quedarme con ellos. Anna tarda en contestar. *Sí, supongo que sí. Esperá que consulto con Thomas.* Me imagino durmiendo en el colchón azul, el que inflamos cuando me quedo a pasar la noche. Estoy boca abajo, Anna se acuesta encima y me aplasta con el peso de su cuerpo, sus huesos.

Anna responde que puedo quedarme en su casa solamente un fin de semana de julio, mientras ellos están de vacaciones. En Facebook, pregunto si alguien necesita que le cuide la casa o alguna mascota a cambio de alojamiento. Agrego, *Puedo pagar.* Contesta Romina, una excompañera del colegio en Buenos Aires. Katja, una compañera rusa de la universidad. En una libreta, hago un cuadro con nombres y fechas. Logro cubrir poco menos de un mes. 1-9 de julio: Romina (Leicester). 10-13 de julio: Katja (Manchester). 13-20 de julio: Mercedes (Oxford). 30 de julio-2 de agosto: Anna (Londres). Compro pasajes de tren. En un negocio turco, compro otras dos valijas, una más chica que la que tengo y otra más grande, para llenar de papeles, libros, ropa de invierno, y dejar en la casa de Anna.

Saco toda la ropa y la voy desplegando sobre el colchón. Examino el estado en que se encuentran mis blusas, polleras y vestidos. Harapos, diría mamá. Prendas que, sin dudar, ya habría tirado. O le habría regalado a Mirta. Porque mamá cada tanto, tal vez aburrida, purgaba su propio placard. *Ya está que revienta*, decía. O, *No sé en qué momento compré tantas cosas.* Entonces Mirta llegaba al día siguiente disfrazada de mamá. Daban ganas de reírse. Mirta era una madre más baja, más fea, más gorda. Que apenas cabía en la ropa. Una impostora. Solo parecida a la madre verdadera a la distancia. Otra vez, un hijo de Mirta, el jardinero, había llegado con una camisa azul de Lacoste. Así es que también esa ropa mamá la había regalado. Los trajes, pantalones y camisas de papá. Formaban parte de su beneficencia. Y ahora, gracias al hijo de Mirta, papá regresaba. Volvía como un aura que emergía de las fibras de la tela, una emanación.

Anna viene a ayudarme a llevar las valijas. No dice nada sobre por qué no puedo quedarme con ellos más tiempo, ni por qué en estos días no me llamó. Al verme, no me saluda. Solo me tira con fuerza de un mechón de pelo. Anna dice, *Debe ser lindo tener la vida resuelta. Tres meses de vacaciones y después, por no sé cuántos años, no tenés nada de qué preocuparte. Se ve que Marte o Venus, o quién sabe qué planetas, no se alinearon cuando yo nací.*

El casero no está y Anna recorre divertida el departamento. Entra al cuarto que alquilé. Mira el empapelado raído y estira un brazo para tocar el techo. Pregunta, *¿No había nada peor?* Anna está al mismo tiempo asqueada y en éxtasis. Nunca debe haber entrado a un monoblock.

En su casa, guardamos las valijas en un armario, debajo de una escalera. Adentro hay raquetas de tenis, una aspiradora y el colchón inflable. Noto una mancha verde en la pared. Pregunto, *¿Puede ser que haya un poco de humedad? No. Imposible. No tenemos humedad.* Anna cierra la puerta del armario con un pie. Después me entrega una copia de las llaves de su casa.

Campos labrados detrás de la ventanilla. Colinas muy verdes. A la sombra de las medianeras de arbustos, las ovejas pastan o descansan sobre la tierra, aplastadas por el calor. Saco un libro, pero enseguida lo cierro y me pongo los auriculares. En el tren, viejo, local, es difícil leer. Hojeo el diario que alguien dejó en una mesa, y estudio las fotos de las celebridades, algunos crímenes. Tengo la valija nueva muy cerca, en contacto con las rodillas, pero de vez en cuando me sobresalto como si me la hubiesen robado o la hubiera perdido.

Al llegar a la casa de Romina, busco la llave debajo de una maceta. Entro a un living chico y oscuro. El sofá-cama está abierto, y sobre la manta hay una notita escrita en tinta rosada, *¡Hola! ¡Bienvenida a Leicester y a nuestro pequeño hogar! ¡No puedo creer que todavía no habías venido nunca! ¡Y que no conozcas a mi gordita linda! Es un sol. Y no lo digo solamente yo que soy la mamá. Ja, ja. Sentite como en tu casa. Comé lo que quieras, usá lo que quieras. ¡La casa es chica pero el corazón es grande! Y en cuanto volvamos de vacaciones, arreglamos para vernos* URGENTE. *Hace siglos que no sé nada de vos. Besos de los tres, Romi.*

Releo la nota. Examino la letra redonda, infantil, de Romina. Letra de tonta. No estoy segura de si cambió o no desde que estábamos en el colegio. Doblo la hoja y adentro dejo ciento cincuenta libras.

Me saco las guillerminas. Una por una, abro las puertas de los distintos cuartos. El dormitorio, el baño, el cuarto para el bebé. El departamento huele a un perfume dulce y frutal. Asfixiante. Ningún cuarto me parece ideal para el estudio.

No logro ajustar el regulador de la temperatura y me baño con agua hirviendo. Me obligo a quedarme inmóvil bajo el chorro de la ducha, que se me clava en la piel de los hombros y espalda, como alfileres. Mareada por el calor, me tambaleo hasta el dormitorio. Corro las puertas espejadas, sucias, del placard y, sin mirarme, reviso las cosas de Romina. Con un dedo, revuelvo la ropa interior, los corpiños con relleno. Examino las marcas en las etiquetas de algunos vestidos. Reiss, Toast. Ropa fea, pero más o menos cara. Entre unos bollos de medias, encuentro unos sobrecitos de preservativos, y abro uno. Después paso el dedo por el lubricante, envuelvo todo en un papel y lo tiro a la basura.

Reviso la heladera y las alacenas. Casi no hay nada. El mismo frasco de café instantáneo, las mismas galletas de arroz que come mamá. Aunque se casó con un inglés, Romina sigue alimentándose como argentina. Prendo la pava eléctrica y mientras el agua se hace, miro las fotos que están sobre la heladera. Fotos sostenidas con imanes. Cada imán una palabra. *Sueño*, *Estrella*, *Felicidad*.

Llevo la taza al cuarto del bebé. Hay una cuna con osos, conejos y otros animales de peluche. Una casa de muñecas. Sobre un cambiador, encuentro ropa planchada. Diminuta. Desdoblo un buzo con capucha y jeans elastizados para bebé. Me pongo el buzo en la mano y la abro y la cierro, como si fuese un títere.

Compro un libro sobre la arquitectura de la ciudad. Me distraigo leyendo sobre la historia de los edificios, detalles de la construcción. Aunque en nada se relacione con el tema de mi tesis. *El saber no ocupa lugar*, decía en chiste a veces papá, y me pellizcaba un brazo. Me pellizcaba apenas rozando la piel. Y mamá a veces lo repetía, en momentos en que la frase desencajaba. *¡El saber no ocupa lugar!*, afirmaba con entusiasmo. Como un loro que no tiene gracia. Sin plumas. En esos momentos, papá y yo nos reíamos. De ella. Era una alianza. Una alianza temporaria.

Y si mamá desde hace un tiempo ya no me escribe es porque después de la transferencia no tenemos nada que decirnos. Puedo imaginar cada acción de mamá como si estuviera frente a mí. Mamá corta el césped ralo de invierno y saca las hojas que cayeron en la pileta. O, con Mirta, limpia lado a lado las habitaciones. Mirta, casi ciega y, sin embargo, el lazarillo de mamá. Una acompañante. El último escudo frente al silencio total. Una casa más bien grande, con demasiados cuartos. *Un desperdicio*, decía papá. Mamá la ventila, deja que el aire frío la habite. Una casa ambiciosa, erigida por el abuelo materno. Tal vez alegre en su origen. *Cuesta mantenerla*, dice mamá. *Cuesta trabajo y se traga la plata.* Un exceso de espacio para una familia acotada. Pocos descendientes. Ahora solo nosotras, la madre y la hija. La rama más frágil del árbol. Sin frutos.

Para desplazarme por la ciudad, alquilo una bicicleta. Leicester es amplia y deshabitada. Tal vez por la crisis. Como si sus partes se estuviesen abriendo hacia afuera, hacia los suburbios, placas que se alejan unas de otras, centrifugándose. Otra ciudad inglesa de provincia. Aunque probablemente mejor que el pueblo de mi futura universidad. Por las veredas anchas, me cruzo con pocas personas. Rubias muy gordas en shorts. Adolescentes drogados vestidos con remeras deportivas. Cerca de un parque, algunos borrachos se arrastran y toman sidra de latas que llevan envueltas en bolsas de supermercado.

Cuando oscurece, salen los hombres, los inmigrantes pobres que trabajan en las tiendas, y yo vuelvo al departamento a estudiar. Camino mirando hacia abajo, para no enganchar mis ojos a los suyos, hambrientos, y dar a entender que albergo deseo. Los hombres fuman en la puerta de los pubs, donde hacen karaoke. Desafinan. En el supermercado, gasto doscientas libras en delicatessen. Agua mineral de los Alpes. Quesos de Francia. Después tengo la impresión de haberme equivocado. Porque la plata que mamá me transfirió tiene que alcanzar hasta que empiece el programa, en octubre. Es necesario hacerla durar. En estos tres meses no tiene sentido buscar un trabajo, que sería únicamente temporario y me robaría tiempo de estudio.

Otra mañana. En la computadora abro el mapa de Leicester y memorizo la ruta hasta el parque. Corro por un camino asfaltado, flanqueado por árboles finos que se enganchan en las puntas, creando un túnel. Bajo el volumen de la música en el iphone y escucho el roce de las hojas y las ramas movidas por el viento. Las ramas se abren, crecen, se cierran. Expanden y contraen su diafragma, como si el parque también respirara.

Almuerzo ensalada de atún. Estudio algunas horas más. En un recreo, camino por una de las calles comerciales. Entro a Poundland, Primark y otras tiendas de descuento. Junto con otras pocas mujeres envueltas en niqab y túnicas negras, camino sobre la ropa tirada. Las perchas plásticas crujen bajo nuestros pies. Entro a una tienda de beneficencia y hojeo los libros de arte. Abro la caja de un rompecabezas.

La cima del Matterhorn. Adentro, todas las piezas son blancas. Cuando la anciana que atiende no mira, me guardo un llavero de la Torre Eiffel. Después revuelvo el canasto de la ropa usada y saco una malla con un estampado animal. Pienso si Anna la compraría. Si es graciosa. Y qué me diría si me la viese puesta.

Una noche, reordeno los juguetes en el cuarto del bebé. Igual que a veces mamá y yo ordenábamos juntas, después de que se fuera alguna compañera del colegio. Juntas devolvíamos al armario lo que las otras chicas habían ensuciado y movido. Jugando. Me pongo en el camino de mamá. Crac crac. Nuestros huesos chocan. A veces, nos reíamos de alguna compañera. De algún defecto físico muy evidente. Ojos salidos, dientes demasiado separados. Nos compadecíamos. O discutíamos sus inclinaciones. *Futuras manías*, decía mamá. Y entonces mamá sentenciaba, *Ya te digo que esa chica va a ser rara.*

Me pruebo la malla nueva por encima de las medias. Hago unos pasos de las clases de ballet, los pasos que recuerdo de la infancia. Pliés, demi-pliés, grand battement. Levanto una pierna estirando la punta del pie y mantengo la pierna en el aire, bien alto, bien recta, todo lo que aguanta el músculo. La sostengo así todo lo que resisto, justo antes de sentir que voy a desgarrarme. Entonces la bajo y me digo, ¿Qué más? Me saco la malla, las medias, y me arrodillo en la alfombra. Doblo mi cuerpo desnudo sobre el colchón y golpeo las caderas contra el canto filoso, metálico, del borde de la cama. Las rodillas se me clavan en la alfombra. Llevo la mente a los huesos. En los destellos de dolor y sensación, trazo un mapa de mi cuerpo. Una frontera.

Es temprano a la mañana, pero los rayos del sol me queman la piel de brazos y piernas. Dormito. En Birmingham, cambio de tren. Dos caballos corren sobre una colina. Y algunos segundos después, el campo desaparece detrás de un muro de lluvia. El sol vuelve a salir. Junto a las vías, surgen casas victorianas y también algunos monoblocks. Banderas inglesas cuelgan de las ventanas y los balcones. Como en una fiesta nacional. Decenas, cientos de banderas. La cruz de San Jorge, roja y perfecta, tajeada sobre la tela blanca.

Mientras Katja se baña, recorro su cuarto. Grande y frío, con paredes amarillas, deslavadas, como las de un hospital. Reviso las cosas sobre el escritorio. Las biromes con trolls en la punta y la laptop vieja y enorme, tapada con calcomanías. Una pocilga. Katja tampoco pudo progresar.

Me cambio la ropa interior y las medias negras, sucias, salpicadas por el barro que levantan las ruedas de la valija. Katja entra al cuarto con una toalla colgada del brazo. Ya está vestida, demasiado maquillada. Tiene restos de base entre las cejas. Katja estudia la pollera y la blusa que me puse. Dice, *¡Ah! Te cambiaste, qué linda*. Pero la envidia le parte la cara. Katja cuelga la toalla en la esquina de la puerta. De pie frente al espejo, un ojo extraviado, se alisa las puntas del pelo teñido de negro. Katja finge que tiembla, como si la sacudiese un escalofrío. Dice, *Detesto este clima, ¿vos no? Humedad y lluvia permanentes.* Katja fuerza una carcajada. Dice, *Y mejor que te vayas acostumbrando, porque el clima del* *norte es así.* Katja desenchufa el secador, y de un cajón en la mesa de luz saca un plano de Manchester con atracciones turísticas. *Te lo regalo,* dice. *Fijate qué querés hacer.*

Cruzamos una hilera de casas de ladrillo abandonadas. A través de las puertas tapiadas con planchas de metal, se escurren la maleza y las flores violetas de los arbustos de las mariposas. Katja dice, *Mi hermoso barrio.* Le pregunto por qué no se muda y Katja tuerce la boca. *¿De verdad me estás preguntando? No me mudo a otro barrio porque no puedo pagar otra cosa. A mí nadie me manda plata, no sé si sabés. Perdoname,* le digo. Katja se ríe, me pasa un brazo esquelético por la cintura. Dice, *Ay ay ay, mi querida. Somos dos ancianas marchitas y nuestras vidas están acabadas.*

Compro ensaladas para las dos en un local de comidas rápidas. Katja observa los envases plásticos con desconfianza. Dice, *Qué emocionante. Igual que cuando almorzábamos juntas en el hall del college.* Después, furiosa, se queja de su plato, de su trabajo administrativo. Como antes se quejaba de sus notas, de los profesores y de que sus padres no la visitaran. Katja decía que al llegar a Inglaterra de Rusia le había caído una maldición. *I'm cursed,* decía. *Maldita.* Y ahora lo repite. Toda su vida es un maleficio para el que no existe antídoto.

Quedo en pasar a buscarla a las ocho por su oficina. Llueve. Entro a un museo, compro dos postales y un libro sobre la historia de la ilustración botánica. En un café, me siento a estudiar. Busco las láminas y observo las reproducciones, las cynometra de Berthe Hoola van Nooten, y me prometo que, de acá en adelante, sin falta, voy a estudiar más sistemáticamente. Voy a leer solo libros para la tesis. También, pienso, puedo empezar a enviarle las notas a mi futuro tutor. O al director del departamento. Mis notas nuevas, corregidas. Y el director, aunque sea un mediocre, va a sorprenderse y tal vez admirarse al recibir mi mensaje y leerlas.

Cuando el café por fin cierra, camino por una avenida bordeada de restaurants indios. Ahora la lluvia paró, y una luz hermosa y dorada se derrama sobre la ciudad. La inunda completamente, como si la estuviese adornando y embelleciendo para el fin del mundo. Espero a Katja en la puerta de la empresa, y cuando se atrasa le mando un mensaje a Anna, *Hola, ¿qué tal tus vacaciones? Manchester es horrible.* Me anticipo, me pliego a la visión de Anna. Aunque la ciudad no me parece fea. Poco después, Anna responde, *¿Viste? Es un asco. Jamás podría vivir ahí.*

Katja sale apurada. Pregunta, impaciente, *¿Tenés hambre? Yo no tengo mucho hambre. Almorzamos tarde.* Caminamos hasta un bar. Pedimos dos vodka tónica, papas fritas y arvejas de wasabi. Vamos a emborracharnos con la plata de mamá. Katja pregunta, *¿Ya te conté del robo?* Saca este tema como podría sacar cualquier otro. Hablar es solo una excusa para que pueda observar a los hombres alrededor.

Dos semanas atrás, entraron a su casa y se llevaron todas las computadoras. En realidad, se llevaron las laptops de las otras cuatro personas con las que comparte, pero no la suya. Volver a la casa y encontrar la laptop sobre el escritorio le provocó un ataque de risa. Habría preferido que se la robaran. Katja dice, *Es tan vieja que ni el ladrón se la quiso llevar. O tal vez no le gustaron las calcomanías que tiene pegadas.*

El bar se llena. Pedimos otra ronda. Vodka con soda, para no engordar. Katja mira al costado con asco, saca la lengua como si vomitara. *Qué feos, ¿no?* Katja dice bien fuerte, para que la escuchen, *Todos los hombres del bar son feos y gordos.* Y mientras esperamos que nos den los vodkas, los hombres de traje se agolpan detrás de nosotras y nos empujan para adelantarse y pedir nuevos tragos. Presionan sus cuerpos, nos huelen el pelo, y nosotras nos dejamos frotar y apoyar.

Pregunto por las otras personas que viven en la casa. *Cuatro imbéciles*, dice Katja. Vive con cuatro personas de nulo coeficiente intelectual. Pero al que más detesta es a un checo. El checo apenas habla. Nadie sabe si estudia o trabaja, o cómo logra pagar el alquiler. De día, se encierra en su cuarto a escuchar música. Death y heavy metal, que escucha a un volumen muy bajo. Un aullido sofocado. O deambula por el living como un fantasma. Pero de noche, el checo revive y cocina. Y es por esta razón que toda la casa apesta a cebolla. Aunque eso no es lo más preocupante. El checo además de mudo es idiota y a veces se olvida de apagar el gas. Katja dice, *Va a matarnos a todos. Cualquier noche, mientras estemos durmiendo, va a envenenarnos a todos. O tal vez nos haga saltar por el aire.* Volvemos a la barra. Katja dice, *La última ronda.* Hacemos fondo blanco. Yo siento un fuego en la frente y en la boca del estómago. Katja se pinta los labios. Acerca su cara a la mía y me pasa una mano por el cuello. Aprieta. Katja me dice algo en ruso y después agrega, *Somos dos viejas perdidas.* Katja repite, *Dos viejas marchitas. Y pronto, tal vez mañana o pasado, ya no nos vamos a despertar. Alguien va a vestirnos con un camisón descosido y nos va a atar un cinto al cuerpo. Para la Resurrección. Van a ponernos monedas sobre los ojos.*

Todas las tardes vuelvo al mismo café. Me parece que ya llevo años viviendo con Katja, el checo y los demás inquilinos. Todos son uno y el mismo día. Y todo lo que existe en mi mundo, mamá, papá, Buenos Aires, el pueblo, Anna, Thomas y ahora la expolitécnica, todo el pasado y todo el futuro, son ecos de este momento.

Subrayo el libro sobre botánica e ilustración científica. Aunque el libro sea más bien divulgativo, al menos me obliga a estudiar. En un cuaderno, tomo notas para mi tesis sobre la naturaleza muerta. Inmóvil en la silla del café, busco concentrarme. Me preparo para empezar el posgrado al día. Recuerdo a papá. *La educación es lo más importante. La educación abre puertas*, decía en algunas sobremesas, y con el meñique estirado jugaba con los hielos en el whisky. Los ojos enrojecidos, brutalmente alegres. Porque un padre puede tener grandes planes para su hija. Un colegio inglés. La mejor universidad. Él, el padre, que no logró terminar la carrera de medicina. Es ambicioso. Tiene enormes esperanzas. Sueños. Tal vez porque el futuro de la hija ya le pertenece. Es de su propiedad. Aunque él se muera, no importa. En ese caso, absolutamente nada se modifica. Ese futuro le pertenece porque él lo imaginó. Por eso cuando papá murió y tras una semana yo volví al colegio, una profesora vino a mi banco y me dijo que si prefería, durante su clase, podía no hacer nada. Podía dibujar, dormir, mirar las tablas del uniforme cosido por Mirta. Estaba excusada. Eximida. La profesora me dijo, *Yo sé que sos buena alumna*

Quien iba a alojarme después cancela a último momento. Mientras almorzamos, le pregunto a Katja si puedo quedarme con ella una semana más. *Puedo pagarte*, le digo. Katja mastica con la boca abierta. Dice, *No, no. No es eso. Imaginate que la plata es lo de menos. Lo que pasa es que no se permiten visitas de más de tres días.* Katja sonríe. *Después de tres días, los huéspedes, como el pescado, empiezan a oler.* Katja se ata el pelo pajoso por la tintura. *Si viviera sola, no habría problema. Pero si te dejo quedarte más tiempo, alguno de los otros inquilinos podría delatarme con el dueño. Y hacerme echar.* Katja no confía en sus compañeros de casa. Especialmente en el checo.

Le escribo a Anna y le suplico si puedo quedarme en su casa unos días. Anna responde, *Sí, está bien. Pero te advierto que no vas a estar muy cómoda.* Va a haber dos obreros arreglando el baño. Thomas y ella van a visitar a sus padres en las afueras. Para abrir la puerta, puedo usar la llave que no le devolví.

Dejo las guillerminas sobre una pila de otros zapatos. La casa tiene ese olor familiar. A polvo y encierro. Recorro los cuartos buscando una nota, instrucciones. Todo está sucio, tirado, como si Thomas y Anna hubieran dejado la casa hace años o hubiesen tenido que irse por una emergencia.

Salgo al jardín con la laptop. Abro mis mails, Facebook. Aparecen fotos de Thomas y Anna en Lisboa, de vacaciones. Estudio en detalle la ropa y las expresiones de Anna en sus fotos. Las poses, y cada vez que finge que no posa. Por ejemplo, mirando el mantel en la mesa de un restaurant. Como si no supiera dónde está la cámara.

Cuando anochece, vuelvo a entrar al living. La casa tiene algo maligno de noche, una oscuridad que se asoma a los oídos, y yo prendo las luces de todos los cuartos. En la biblioteca, busco algo para leer. Algunos libros están repetidos. Los de Thomas están subrayados. Los de Anna, no. Sobre un estante, encima de otros libros y papeles, encuentro un cuaderno y lo abro. Adentro hay hojas pentagramadas, y sobre las hojas Anna pintó una serie de acuarelas. Algunas son formas abstractas y otras son mapas del cielo. Anna además escribió los nombres de algunas estrellas y constelaciones. *Albireo*, *Deneb*. *Cygnus* está mal escrito. Analizo cada detalle. Estudio el uso de los colores y la estructura. Muy lentamente, paso las hojas. Siento un vértigo y me aguanto la respiración. Las acuarelas son bastante buenas.

Reviso el placard, el baúl de los zapatos. La ropa de Anna está amontonada en las perchas, hecha un bollo en los cajones. Rebalsa. Abro dos blusas, revuelvo los pulóveres. Separo los pelos de Anna, castaños y largos, que están adheridos a la tela.

Uno por uno, abro los cajones de la cómoda. En el último, metido entre unos joggings y pijamas viejos, encuentro un vibrador. Fucsia y redondo, con pinches, como una piña de silicona. Le saco la pelusa con la uña, lo enciendo y lo pruebo en la palma de la mano. Subo al máximo la intensidad. Después me pongo en cuclillas, me levanto la pollera y apoyo el vibrador por debajo de las medias y la ropa interior. Dejo mi cuerpo inmóvil, como una piedra. Espero, termino y presiono aún más, obligándome a dejar las piernas entreabiertas.

Quedan muy pocas cosas que aún no haya visto. Con los ojos cerrados, podría recorrer esta casa, cada uno de sus cuartos, y no chocarme con nada. Podría hacer y deshacer la valija en menos de cinco minutos. El mundo dividido desde siempre en dos clases de personas, los huéspedes y los anfitriones. Esta es una división que se produce de manera natural. Tajante. En la infancia. Enseguida se vuelve inmutable. Sobreviene entonces una extraña orfandad. Niños con padres que salen a la caza de otros padres, nuevas familias. Falsos huérfanos, serviles, capaces de hacer o decir cualquier cosa con tal de obtener una nueva invitación. Un escondite.

Durante el día, dos obreros irlandeses pican los azulejos del baño. Yo me encierro en el dormitorio e intento estudiar. Me pongo los auriculares. Subo la música. Los golpes en las paredes reverberan, hasta llegar a mi cuerpo flojo, desparramado en la cama. Es imposible estudiar con el ruido, pero tampoco quiero salir e ir a un café. Es importante vencer la desconcentración. Dominarla. En internet, vuelvo a examinar las imágenes de la expolitécnica. Una tras otra, observo las fotos de los edificios nuevos, de vidrio, en los que se reflejan nubes calcadas de Photoshop. La expolitécnica está por debajo de mi educación, de mi esfuerzo y mis méritos, y es posible que en un futuro no muy lejano se convierta en una mancha que sea necesario eliminar. Una impureza. Papá se reiría de esta universidad. Golpeo mis muslos. Golpeo mis rodillas. Me da igual si el hueso se raja o se resiente.

Cuando los obreros terminan su trabajo, les pago con la plata que me dio mamá. Entro al baño y los azulejos nuevos, rectangulares, que imitan la cerámica antigua, me parecen falsos, de utilería. Como si el baño ahora fuese un set de filmación.

Anna me manda un mensaje, *Llamame. Tengo novedades*. La llamo por Skype. Anna tiene ojeras, el pelo más claro por estar al sol. Le digo que el baño quedó lindo, y Anna me mira confundida. *Ah sí, qué bien*, dice. *Ya me había olvidado del arreglo.* Anna se refriega los ojos. Acomoda la laptop. Dice, *Bueno, renuncié al trabajo. ¡Charán!* Anna abre muy grandes los ojos, a la espera de una reacción. Digo, *¿Sí?* Anna dice, *¿No es increíble? Me parece que no estás muy sorprendida. Sí, estoy sorprendida.* Anna dice, *Me parece que no estás tan contenta como yo.* Siento una oleada de furia. Pienso el comentario más hiriente, el más destructor. Pienso en lo que diría mamá. Digo, *Y ahora, ¿a quién va a llegarle la cuenta? Tu papá va a tener que coserse el bolsillo.* Anna dice, *A nadie va a llegarle ninguna factura. Tengo ahorros.* Aunque las dos sabemos que eso es mentira. *Lo importante es que haya renunciado. Eso es lo importante. Ahora se abren cientos de posibilidades.* Anna va a hacer un curso de dibujo. Va a ir a Japón, con Thomas. Pero antes quiere hacer otro viaje. *Un viaje más* *corto*, dice Anna. *¿Podría ser las dos? Iba a ir con otra amiga pero canceló.* Anna dice, *Y siempre es más divertido viajar con otra persona. Así se ven cosas diferentes.*

Le explico que no puedo ir. Faltan solo dos meses y medio para que empiece el posgrado. Anna presiona, *Serían diez, doce días. Diez días no pueden cambiar en nada tu situación. Vas a tener tres años para escribir esa tesis. Es una expolitécnica, ¿qué tan exigentes pueden ser? Seguro que cualquier cosa que presentes les va a parecer buenísima. Además, para el viaje no vas a tener que hacer nada. Solo comprar un pasaje. Y venir.* Pregunto, *¿A dónde?* Anna dice, *Alemania.* Quiere que vayamos a Rügen y Hiddensee, dos islas en el Báltico. Ahí veraneaban los escritores y artistas a fines del siglo diecinueve y comienzos del veinte. También hay playas *Freikörperkultur.* Anna dice, *Es la cultura libre del cuerpo.* Pregunto, *¿Nudista? Bueno, sí y no. Es más sofisticado el movimiento.* Anna va a organizarlo todo, el hotel, las reservas. Tampoco tengo que preocuparme si ahora no tengo plata. Ella puede prestarme mil, mil quinientas libras, lo que precise, y yo puedo devolvérselas cuando empiece a recibir la beca. Le digo que no es necesario. Tengo plata. No me hace falta un préstamo. Aunque si le consultara, mamá seguramente estaría en desacuerdo con el gasto. De manera solapada, mediante indirectas, mamá me haría saber su desaprobación. O tal vez el viaje sería una sorpresa. A la madre la alegraría descubrir en la hija, tan estudiosa, una frivolidad. Un parecido. Lejano aire de familia. Anna insiste, *Sería un último viaje. Antes de este nuevo y deslumbrante comienzo. La transformación fantástica que está por ocurrirnos. Una nueva vida. Vos como estudiante de posgrado. Y yo… como artista.*

En internet, busco fotos de Rügen y Hiddensee. Una y otra vez, se repiten las mismas imágenes. Acantilados de roca cretácica. Un faro. Algunas ciudades balnearias. *Tu amiga, la de padres millonarios, te usa*, había dicho mamá, después de conocerla. Pero eso yo ya lo sabía. Y no era importante. Lo importante es tener siempre algo más que ofrecer.

Rehago la valija. En el jardín, me corto las uñas de manos y pies. Las barnizo con esmalte rosa. Me enjabono las piernas, el cavado y las axilas, y me afeito. Metódicamente, paso la gillette. Hasta dejar la piel lisa. Tersa. Completamente pulcra y reluciente.

Tres gaviotas hambrientas rodean el ferry. Estamos sentadas en la cubierta. El viento sacude el pelo de Anna y se lo mete en los ojos. Me subo las mangas del suéter. Ordeno su pelo y empiezo a tejer una trenza, que sigue la columna vertebral. Miro hacia el mar. No hay olas. El Báltico es rígido, azul. Como un lago. Inhalo hasta llenar los pulmones. El aire huele a nafta y sal.

En la habitación hay dos camas, y yo me pregunto si Anna las habrá pedido así, separadas, o si son las camas que el hostal nos dio. Todo en el cuarto es floreado. Las cortinas, la manta, el tapizado de un sillón. Anna no dice nada. Deja su bolso en la alfombra y se acerca a una ventana muy alta, en mansarda, desde la que puede verse el mar.

Salimos a un jardín. Sentados bajo sombrillas a rayas, hay viejos de ochenta, comiendo y tomando. Viejos excesivamente bronceados. Todos parecen hablar alemán. Anna mira alrededor. Dice que pese a haber visto fotos en internet, se imaginaba que el cuarto, el hostal, iban a ser distintos. *¿Distintos cómo? No sé. Distintos.* Anna pide por las dos. Pide cerveza de trigo y señala cualquier cosa en el menú. Anna dice, *No me importa la comida, la verdad. Solo quiero emborracharme.* Y yo digo que a mí también me da igual qué comamos. Anna busca la bolsita con tabaco. Yo estudio sus manos, su boca, sus ojos. Conozco bien su ansiedad. Ya la vi en otras caras. Vi esta misma desilusión, esta sombra, en la cara floja y agrietada de mamá. Busco un tema de conversación. Un tema que pueda entretenerla. Las ciudades que va a visitar en Japón. Su vida hasta acá. Alguna muestra en una galería. Nuestro viaje tiene que ser memorable, perfecto. Anna pasa la lengua por el papel de armar. Dice que ya se cansó de hacer planes. Ya se decidió. A partir de ahora, va a dedicarse exclusivamente al dibujo y la pintura.

Después de cuarenta minutos, la moza nos trae dos platos enormes y rectangulares. Anna mira la comida con asco, la toca con la punta del cuchillo. Rodeando una espiral de trozos de pescado, hay tomates, zanahorias y otras verduras cortadas como si fuesen rosas, claveles. La salsa completa el arreglo floral. *No sé si pueda comerlo*, digo. Me anticipo a las palabras de Anna. Pero Anna cambia de idea, mueve la cabeza hacia un lado y el otro. Dice, *En realidad es tierno que nos hayan decorado la comida. Aunque les haya quedado espantoso.*

Anna pide una botella de vino, y cuando se acaba, otra. Yo confío en que nos lleve a esa zona ideal, justo antes de tener que expulsar la comida. Los ojos de Anna se achican, se ponen vidriosos. Anna ahora está feliz y acaricia al perro horrible de un viejo, habla con la moza y una pareja de ancianos sentados en otra mesa. Al levantarse, una vieja envuelta en joyas brillantes y falsas le dice, *Qué linda que sos.*

El restaurant cierra, y Anna dice que podría tomar un trago más. Un último trago antes de irse a dormir. Buscamos la cocina del hostal. Parado frente a una pileta, un empleado lava copas y platos. Anna le pide que nos venda vino, ginebra, cerveza. Anna junta las manos y dice en inglés, *Señor, por favor, ¡se lo ruego! Le compramos cualquier porquería que quiera vendernos.* Anna se arrodilla, muerta de risa. Entonces yo junto las manos también y repito, *Señor, por favor, solo un trago más.* Y contra el vidrio de la ventana me veo a mí misma implorando. Patética.

Subimos al cuarto. Cada una se acuesta en su cama, y Anna abre las cervezas que el empleado le regaló. Le digo que no quiero vomitar, mañana quiero aprovechar el día, y Anna dice, *¿Y vos qué sabés si apenas tomás? No tomes si no tenés ganas, nadie te obliga.* Anna prende la televisión. Todos los shows y películas son alemanes o están doblados, y Anna baja el volumen e inventa los diálogos, imitando un acento alemán. Hay un arresto en la pantalla, y Anna dice, *Herr..., mmm..., Otto Hediondo, está usted aggrestado, su ano diaggrreico apesta.* Cuando se aburre, se pasa a mi cama. Anna dice que quiere hacer algo que vio en un video, y yo me saco la pollera, la ropa interior, y nos refregamos. Anna me acomoda hacia un lado. Me pone boca abajo. Anna para, dice, *No, no funciona. El video era todo una gran mentira. Pura actuación.* Anna me empuja hacia atrás, me pone dos dedos adentro, y yo me siento y me clavo con fuerza. Dejo que se hundan hasta los nudillos, y me muevo hacia arriba y abajo, mecánicamente. Después Anna se acuesta y abre las piernas, tirantes. Dice, *Ahora es mi turno.* Y yo la chupo hasta verla retorcerse.

Antes de dormir, nos sacamos la pintura. Anna abre su bolso, busca un clonazepam. Apaga el televisor, apaga la luz y vuelve a su cama.

Bajamos a la playa. En Hiddensee, el calor es seco. No hay viento. Desparramados cerca de la orilla, hay sillones de mimbre y madera, con toldos, cajones. Sillones grandes como casetas.

Abrimos los sándwiches de queso que trajimos del hostal. El queso, grasoso, rebalsa por los bordes, y yo doy solo dos mordiscos. Anna come mirando la playa. Cada tanto, del interior de alguno de los sillones, se asoma una mano o un pie carbonizados. O alguno de los turistas se para y acomoda su toalla empapada de sudor. Bolsas vacías cuelgan de los torsos de las mujeres bajo la malla. Los hombres son puro hueso y pellejo. Anna mastica despacio. Está decepcionada. Los ancianos con sus cuerpos tristes, repugnantes, arruinan nuestro viaje y el día de playa. Anna dice que antes de viajar había leído bastante sobre la cultura libre del cuerpo alemana, e imaginaba que en las playas todas las personas iban a estar desnudas, nadando, conversando. Había visto fotos de alemanes jugando a las cartas y a la paleta, siempre desnudos. Anna dice, *¿Y dónde están esas playas nudistas?* Ella también quiere tomar sol sin ropa. Anna tira de la esquina de mi suéter. Dice, *Y vos, ¿no te estás asfixiando tan abrigada?*

Después de almorzar, Anna se acuesta sobre una toalla a dormir. Le imploro, *No, no te duermas. ¿No querés aprovechar el viaje?* La sacudo igual que la sacudía cuando, estudiando de noche, Anna empezaba a quedarse dormida. Entonces a veces también la empujaba o le pateaba un tobillo por debajo de la mesa. La llamaba, *Anna, Anna.* Observaba un instante la cara sin fuerza. Solo así fea. Me parecía increíble que alguien pudiera dormirse estudiando.

Armo un cigarrillo con los papeles de Anna. Doy una pitada larga y profunda, y dejo que el humo caliente me raspe la garganta y los pulmones. Intento no toser ni exhalar. Mientras espero que Anna se despierte, prendo la música en el iphone y me paso los dedos por los párpados. Me toco las pestañas y hundo las yemas en la carne de los ojos hasta sacarme manchas rosadas y verdes. Veo ángeles, peces, calaveras que se van deslizando por el ojo. Nadan sobre la retina, como proyectados por una linterna mágica. Me prometo que voy a divertirme. Cueste lo que cueste, vamos a disfrutar de este viaje. Por diez días, voy a olvidarme del posgrado, de la tesis, de mamá.

Cuando Anna por fin se levanta, acerco mi boca a la suya, pero Anna aprieta los labios y corre la cara. Anna duda, *Me parece que no deberíamos besarnos. Sería injusto con Thomas. Solo démonos besos con lengua,* dice. *Mientras cogemos.* Anna se ríe de su propia idea. Y yo me escucho reír con una risa falsa, metálica, que queda flotando en el aire como el eco de un relincho.

En un puesto cerca del hostal, alquilamos bicicletas. En Hiddensee, los autos están prohibidos, y recorremos la isla por calles de tierra desiertas, bordeadas por arbustos espinosos. Caminando lentamente a un costado de la calle, pasan grupos de turistas ancianos. Todos tienen las mismas bermudas largas hasta la rodilla. Los mismos ojos azules, sin expresión, ocultos bajo la sombra de las viseras.

Anna quiere encontrar la casa-museo de un pintor, pero dejó la guía y el teléfono en el cuarto. Anna dice que cree acordarse del mapa, la dirección aproximada de la casa, pero después de dar unas vueltas, Anna frena y dice, *Qué odio. No, no me acuerdo. ¿Y vos no miraste cómo llegar?* Le digo que a mí me da igual si vamos o no. Para salir del calor, entramos a un negocio de souvenirs. Yo quiero comprar algo, tal vez una taza, pero Anna levanta una y señala la calcomanía que tiene pegada debajo, *Hecho en Polonia.* Anna dice, *¿Ves? Es todo basura importada. No hay nada local.*

Compramos petacas de vodka y dos bolsas de chizitos y papas fritas. Anna come un chizito tras otro y yo pienso que si como lo mismo que Anna, incluso si no me ejercito hace días, no voy a engordar. En el cuarto, el calor es opresivo. *Ojalá tuviéramos hongos*, dice Anna. *No sé. O éxtasis. Porque estoy hinchada como un sapo de tanto tomar.* Anna se desviste y se acuesta en su cama. Anna dice, *Vení acá conmigo que quiero probar otra cosa.* Me acuesto encima, pero Anna me empuja hacia un lado. *No, qué calor.* No sé qué hacer y me quedo muy quieta. Me pego a la pared. Anna suspira, frustrada. Y yo quisiera que miles de manos cayeran sobre mis huesos y me aniquilaran a golpes. O que me clavaran en el ojo una aguja de tejer.

Al bajar el sol, salimos a dar una vuelta. Siguiendo un camino de tierra, pasamos al lado de granjas y otros hostales. Anochece, pero en las cabañas las luces están apagadas, y a través de las ventanas abiertas, las cortinas blancas vuelan hacia el exterior, hinchándose de aire. Saco un tema cualquiera. Los colores en inglés y en castellano. Un tema seguro, que siempre le pareció entretenido, desde las clases sobre percepción que tomamos en la universidad. El rojo en inglés, según Anna, no es igual que el rojo en castellano. *Violet* es más profundo y azul que el violeta. *Purple* no es púrpura. Tiene, tal vez, un poco más de rojo. Anna habla y yo la escucho a medias. Escucho su voz, sonidos, no las palabras. Pienso otros temas para discutir. Y de vez en cuando, me acerco los dedos a la nariz y huelo la carne bajo las uñas, donde se acumula ese olor ácido, oscuro, que Anna guarda en su interior.

El camino se estrecha. Surgen enormes arbustos de retamo florecido. Flores amarillas y espinas, donde se concentra todo el odio de la naturaleza. Las espinas nos tajean la piel de los brazos y piernas, arañan la ropa, pero Anna está un poco borracha y no se da cuenta. Ya casi llegando a la hostería, pasamos al lado de un corral con dos caballos. Anna da un saltito, dice, *¡Qué lindos!*, y busca el teléfono en su bolso. Los caballos resoplan y golpean sus cascos una y otra vez contra la tierra. Se muerden los lomos y, nerviosos, trotan bordeando el corral. Anna les saca decenas de fotos y después me las va mostrando en la pantalla. Anna me agarra de un brazo y así miramos las fotos de los animales. Como dos viejas felices. Los hombros pegados uno contra el otro, por la transpiración.

Cenamos temprano. Es mi turno de pagar y gasto lo que queda de la transferencia que me hizo mamá. Siento un vacío. Un vértigo. Ahora, si presta atención, mamá va a poder localizarme. Con un mínimo de astucia, va a saber que salí de Inglaterra. Mentí. Pero de alguna manera pienso que no es importante. Mamá está tan lejos. En otro hemisferio, otra estación. Lejos, tan lejos que es casi como si no existiese. Como si este fuera el futuro, con Anna, y mamá también estuviese muerta. Sus palabras no logran alcanzar esta otra realidad.

Cuando terminamos la comida, compramos otra botella y nos sentamos en unas reposeras, más allá de las mesas donde comen los turistas ancianos. Viejos enfermos que vienen a estas islas a respirar aire puro, a hacer algo de ejercicio y así extender sus vidas patéticas, grises. Solo unos minutos, unos segundos más.

Anna saca un cuaderno y un lápiz, y empieza a dibujar. Yo vigilo su mano, cada movimiento. Observo las uñas rosadas, fuertes. El pelo castaño que cae sobre la hoja. Anna dice, *No puedo dibujar si me estás mirando así. Fijo.* Entonces pregunto por el cuaderno de las hojas pentagramadas, el que encontré en su biblioteca. Anna dice, divertida, *¿Estuviste revisando nuestras cosas? Bueno, no están tan mal las acuarelas, ¿no?* Anna deja el lápiz. Espera, ansiosa. *De verdad. Ya que las viste, ¿qué te parecieron?* No digo nada. Observo el tilo que se abre en un abanico por encima de nuestras cabezas. Por fin, respondo, *Lindas, pero les falta bastante trabajo.*

Anna guarda el lápiz, el cuaderno. Se hunde en el almohadón de la reposera. Yo elijo una de las ramas del árbol. Sigo el camino oscuro que traza. Su serpenteo y bifurcación en ramas más finas, capilares. Acá, sentada debajo del tilo, con Anna, me parece imposible estar yendo a la expolitécnica. Pregunto, *¿Te estás divirtiendo? Sí, bastante. Gracias.* Me escucho decir con voz melosa, romántica, *Sería lindo vivir acá.* Anna piensa. Finge que bosteza. *Sí, tal vez,* dice. *Pero un mes, como mucho. Y con algún proyecto o alguna idea. Si no, tanto Thomas como yo nos aburrimos.*

En ferry cruzamos a la otra isla, Rügen. Nos alojamos en Sassnitz, una ciudad balnearia. Temprano, cada mañana, Anna ya está bañada y vestida, lista para salir. De noche, en su cama, estudia la guía y elige lugares para visitar. Organiza las horas. Como si el viaje fuese una misión, una tarea que es necesario cumplir. Liquidar. Y si por alguna razón yo me atraso, Anna se impacienta. La irritación le endurece la cara. Anna se enrosca el pelo largo, castaño, en un dedo. O se rasca la garganta, haciendo un sonido gutural. Pregunta, *¿Pensás que vas a tardar mucho más?*

Trato de imaginar qué es lo que harían Anna y sus otras amigas de vacaciones. Intento ponerme en esa situación. ¿Qué harían además de salir y emborracharse? Le digo a Anna que podemos ir a un bar. Algún bar local, de la isla. Anna dice que no, está harta de oír hablar alemán. De noche, no duerme por culpa de los gritos que suben de la calle. Gritos de alemanes borrachos, que cantan canciones de cancha. O el himno. Muy grave. Casi un ronquido. Las mejillas y a veces toda la cara pintada de rojo, amarillo y negro. A Anna ya no le alcanza el clonazepam.

Alquilamos nuevas bicicletas para recorrer la isla. Anna va siempre adelante. Pedalea rápido. Y yo la sigo y observo la espalda bronceada, recta. Cada vez que paramos a descansar o a tomar agua, huelo el alcohol que exhalan mis poros. Un olor pestilente. A carne en descomposición. Al llegar a Prora, Anna empieza a pedalear más lento y las dos avanzamos lado a lado, a la sombra del muro que forman las ruinas de los edificios. Recito los datos que leí en la guía. Me escucho hablar demasiado, como si estuviese rindiendo una lección oral. *Prora iba a ser un centro de veraneo para diez mil personas, pero durante la guerra fue convertido en una base militar soviética. Prora es un ejemplo único de la arquitectura nacionalsocialista. Un proyecto de la Kraft-durch-Freude. La entidad encargada del ocio del pueblo alemán. Su salud y fortalecimiento. Strength Through Joy. Fuerza a través de la alegría. Ajá*, dice Anna. *Muy interesante.* Paramos a mirar los edificios. Vidrios rotos, y adentro, algunos grafiti. Y junto a las ruinas, una hilera de pinos grises, como si sus ramas y hojas fueran de ceniza.

Otra tarde, vamos al parque de Jasmund. Cruzamos Sassnitz, hasta llegar a un bosque. Una masa oscura y densa, cortada con la hoja de un cuchillo. Anna por fin se entusiasma, dice que el bosque le parece hermoso. Susurra, aunque estamos solas. Anna se baja de la bicicleta y toca el tronco de un árbol. Dice, *Está frío. La piel de las hayas es fría*. Anna vuelve a la bicicleta. Dice, *El bosque es tan silencioso. Como un palacio*. Pero yo siento la sombra del bosque rodeándome, infiltrándose. Una sombra que baja desde las ramas, se suelta de la corteza gris de los árboles y se mete por los riñones y los intestinos, como un parásito.

Regresamos a Sassnitz. Son las cinco, y Anna no quiere volver al hostal. Le digo, *Podemos probar lo que quieras*. Anna dice, *¿Y eso qué tiene que ver?* No quiere volver porque a esta hora, a mitad de la tarde, el cuarto es una caldera. Mejor hacer tiempo y buscar dónde cenar. En un kiosco, compramos helados y caminamos hasta el centro de Sassnitz, vacío a esta hora, salvo por un grupo de adolescentes. Chicos muy bajos y feos. El pelo desteñido por el sol. Un varón, casi un enano, escupe cuando pasamos. Mientras que los ojos de las mujeres absorben la ropa de Anna. La remera. Las zapatillas. El bolso de playa. Y después giran la cabeza para seguir devorándola.

Volvemos al restaurant del hostal. Pedimos una botella de vino y la terminamos antes de que el mozo traiga la comida. Anna pregunta por mi posgrado, la nueva universidad. Quiere que le cuente más sobre el tema de mi futura tesis, sobre las naturalezas muertas. Trato de cambiar de tema. Anna insiste. Digo con tono chistoso, de profesora, *¿Sabías que la 'Victoria amazonica' puede soportar el peso de un niño? ¿Sí? No, no sabía.*

Anna repite lo que ya dijo mil veces. Ella jamás podría volver a estudiar. Anna dice, *Sería realmente un castigo. Una tortura digna del Medioevo.* Además, a los mejores artistas en general les fue mal en el colegio. Los artistas suelen ser estudiantes mediocres, desatentos. Porque la educación formal tiende a asfixiar la creatividad. Anna pregunta, *¿Y cuándo vas a mudarte al norte? Yo nunca podría vivir en el norte. Tal vez en Escocia, pero nunca en el norte de Inglaterra.* Su acento del sur y su ropa llamarían demasiado la atención. Y los del norte probablemente la resentirían. Escucho a Anna arrastrar las palabras. Como si se le hubiese hinchado la lengua. De repente, Anna dice, *¿Te dije alguna vez lo que piensa mi papá? Mi papá piensa que los estudiantes de otros países no deberían recibir becas del gobierno. Es muy injusto para los ingleses. Sobre todo, es una injusticia para los estudiantes pobres, los que* *no tienen recursos. Porque, a fin de cuentas, son los que más necesitan las becas. Y los estudiantes de otros países, los extranjeros, les roban la única oportunidad que ellos van a tener para abrirse un camino. Avanzar. Sin esas becas, ¿cómo van a salir adelante?* Siento la cara oscura, sucia. Un puño presiona contra mi garganta. La mandíbula se afloja, descontrolada. Aprieto los dientes.

Anna se levanta, vuelve a sentarse. Dice, *No, no me entendiste. No es en verdad lo que yo pienso. Es lo que piensa mi papá. Algo que dijo una vez. Ya ni me acuerdo cuándo. Debe haber sido borracho, en alguna cena. Así, al pasar, ¿entendés? No es para nada importante.* Anna agrega, *No sé qué decir.* Anna se disculpa. Y yo le digo enseguida que no se preocupe. No quiero que el viaje naufrague por culpa de mi seriedad. Mi seriedad de estudiante solemne. Mustia, incapaz de reírse de un chiste. *Mi ratoncito de biblioteca*, solía llamarme papá.

Último día en la isla de Rügen. Anna se levanta tarde y perdemos el desayuno. Sobre las camas deshechas, leemos mientras esperamos que se haga la hora del almuerzo. Anna abre la guía y pasa las hojas rápido, arrugándolas. Dice, *Creo que ya vimos todo lo que había para ver. Al final, nos sobró un poco de tiempo.* Anna se enrosca el pelo en un dedo, como si fuera a arrancárselo. Distraída, mira fotos de Japón en internet. Siento un cosquilleo en el labio de arriba. Tal vez un herpes causado por todo el alcohol que estuvimos tomando. Rasco el labio con los dientes. Muerdo apenas la superficie. Traigo un eco de dolor al espacio negro detrás de los ojos.

Damos unas vueltas en bicicleta. Entramos a varios negocios de souvenirs. Mientras almorzamos, Anna escribe algunas postales para los parientes que tiene en Estados Unidos. Un tío lejano, primos segundos. Firma todas las postales, *¡Los amo! xx A.* Yo también compro algunas postales. De un faro, de la playa al atardecer. Anna pregunta, *¿No vas a mandarlas?* Le explico que no. No tiene sentido enviarlas. Las postales, las cartas en general, se pierden en Argentina. El correo nunca funcionó bien. Yo voy a poner las postales en una pared, como adorno. O sobre algún estante, al lado de libros. Por otra parte, mamá se sorprendería si yo le enviase una postal. La sola idea de mamá recibiendo una postal, mía, de su hija, me da retorcijones. Se trata de un escenario más bien imposible. Desconcertada, en ese hipotético caso, mamá respondería por mail, *Gracias, nena.* Probablemente sospecharía de la existencia de segundas intenciones.

A media tarde, volvemos al parque de Jasmund. Dejamos las bicicletas y hacemos un recorrido a pie marcado en la guía. Caminamos por el límite del parque que es también el fin de la isla de Rügen. Y cuando se abre un claro entre los árboles y la vegetación, nos asomamos hacia la playa, del mismo modo que se asoman las figuras en el óleo de David Caspar Friedrich. La mujer vestida de rojo. El hombre que solo entrega el perfil. Y el que dejó el bastón y el sombrero por siempre en la tierra. Vemos un fragmento de la pared cretácica del acantilado. Picos y filos de roca muy blanca relucen al sol como si fuesen de nieve.

Por unas escaleras de madera, bajamos hasta una playa de piedras. Anna dice que quiere llevarse algunas y recogemos las que nos parecen lindas. Las lavamos en el mar. Pero después de un rato, a Anna las piedras le pesan y las tiramos al agua. Nos acostamos sobre unas rocas. Anna escucha música y yo abro el libro sobre ilustración botánica.

Pienso que el viaje termina antes de empezar. Un viaje malogrado. Que no debería haber existido.

Cuando el sol empieza a calcinarme, bajo de la roca y me desvisto. Camino hasta el mar. Apenas hay ondas y el agua es helada. Turbia. Meto los pies y el frío me arrasa los huesos. Pienso que nunca antes había entrado en el Báltico y me meto hasta la cintura. En el fondo, algas verde claro, aceitosas, se enroscan alrededor de mis piernas y tobillos. Avanzo otros pasos y miro hacia la playa. En la orilla, Anna se echa agua en los hombros, los brazos, como si se estuviese enjuagando o lavando. *¡Estás loca!*, me grita. Pero ella es la que parece loca al gritar. Doy otros pasos y observo mis pies. Blancos, venosos. Después me sumerjo de golpe, cinco, siete segundos. Como una navaja en la tráquea, el frío me corta la respiración. Me paraliza. Entumecida, salgo del agua. Camino a la orilla, agarro a Anna de un brazo y con fuerza la tiro en el mar. Anna vuelve a pararse, furiosa. Se arregla la malla corrida, se limpia los ojos. Anna viene hasta mí, muy seria, y yo me alejo unos pasos. Finjo que me escapo. Anna me agarra del pelo y yo siento el tirón en la cabeza. Anna no suelta, y con odio empuja hacia abajo, tira más fuerte hasta hacerme sentar en el fondo del mar. Con la otra mano, presiona y me hunde la cabeza en el agua helada.

En el avión hay casi únicamente ingleses. Reconozco las camisas baratas. Las caras rojas, peladas, casi en carne viva. Aunque son las once de la mañana, los ingleses piden Bloody Mary, copas de vino blanco. Tomo el tren que va del aeropuerto a Londres. El vagón huele a pollo frito y ropa que mojó la lluvia. Huele a Inglaterra. Junto a las vías, van apareciendo los monoblocks. Puertas rojas, azules, celestes. Balcones llenos de basura y guirnaldas de viejos CDs, en los que pega la luz formando un trazo iridiscente.

Por las escaleras, arrastro mi valija hasta el estudio que subalquilé. En el rellano del tercer piso descanso, y con la lengua golpeo sobre el labio hinchado, deformado por el herpes que está por salir.

El estudio apesta a humedad, y corro una puerta-ventana que da hacia un balcón. Es un día luminoso. Seco. Aunque el estudio es oscuro y frío. Como si nunca lo hubiesen tocado los rayos del sol. Abro mis mails, después de más de una semana. Solo tengo un mensaje de mamá. Esta vez mamá va directamente al grano. No pregunta, ¿Qué tal? No se queja de Mirta, del perro. No agrega emojis de flores. Mamá está furiosa conmigo. ¿Por qué gasté plata con la tarjeta de crédito? ¿Acaso no me hizo esa transferencia descomunal? Mamá escribe, *Nena, la verdad es que no me parece bien.* Mamá estuvo mirando el resumen de la tarjeta. Mamá ahora tiene una duda. Reclama, envalentonada, *No me dijiste que ibas a Alemania.* Noto un tono desesperado. Suplicante pese al reproche. Mamá está ansiosa, busca cualquier excusa para comunicarse. Escarbar. Siento un temblor, una risa en las manos. Pobre mamá, cuánto valor, cuánto coraje tiene que haber juntado para mandar este mail.

El agua de la ducha sale tibia, y no me baño. Solo me lavo los pies, para evitar que se expandan los hongos del pie de atleta. Uno tras otro, inspecciono los dedos. Los más chiquitos, pelados, por el roce constante con las guillerminas. Intento hacer funcionar un lavarropas viejo, pero no logro encenderlo. Tal vez no ande. El hombre que me alquiló el estudio me dio poca información. Casi no dijo nada. La dueña murió hace unos meses. Él, me aclaró, solo cuidaba el departamento hasta que lo vendieran.

En la pileta, lavo las bombachas y medias que estaban en la bolsa de la ropa sucia. Refriego. Pienso que si me distraigo, quizá también se distraiga el herpes y se deshinche. Después reviso las cosas del baño. Un mueble bajo con cajones de tela y un botiquín, donde hay envases de remedios, productos homeopáticos y aceites.

Abro la valija y cuelgo la ropa en un placard, entre unos tapados beige de mujer y unas camperas largas y negras, de los noventa. Hago la cama con las sábanas que el hombre dejó sobre el colchón. Reviso las alacenas de la cocina. Marrones. También los azulejos son marrones, con un diseño de cabañas y pinos que se repite. De la heladera saco una naranja y salgo a comerla al balcón. Abajo, varios chicos juegan en un jardín. Corren alrededor de un árbol. Desde el balcón, escucho voces y gritos excitados. Histéricos. Y también distingo el tono impaciente de una niñera que llama a algunos de los chicos, *¡Noah!, ¡Olivia!,* aunque no entiendo el resto de las palabras. Entonces pienso que mientras estudie, voy a tener que cerrar la puerta-ventana. Aunque el aire se vuelva irrespirable. No importa. Las voces y gritos pueden distraerme.

Me prometo que mañana, pasado a más tardar, voy a volver a prepararme. Voy a volver a mis notas. Sin falta. Aunque no haya escritorio ni silla, voy a volver estudiar. Nunca tendría que haber emprendido ese viaje con Anna. Sobre todo, faltando tan poco para el posgrado. Debería haberme quedado en Londres, leyendo, estudiando, haciendo resúmenes. Corrigiéndolos. El ganado no debe salir del redil. Voy a volver a mis notas sobre la naturaleza muerta. Sin excusas. Ya otras veces estudié desde el colchón. O desde un sofá. El lugar no es importante cuando la mente está concentrada. Puedo apoyar la laptop sobre los muslos. Mi computadora vieja, pesada, que se recalienta y quema la piel. El cachivache, según lo describe mamá. *¡Seguís con ese cachivache!*, me dice, a veces. O, *¡Todavía con esa basura!* Y yo le explico rabiosa, pronunciando bien ca-da pa-la-bra, que es muy difícil ahorrar con la plata de una beca, un trabajo freelance o a medio tiempo.

Cada mañana, abro los ojos y observo las ramas del árbol contra el vidrio. No veo a los chicos desde la cama, pero escucho sus voces. Gritos, risas, una canción infantil. Como si las voces estuvieran enterradas en el tronco y las hojas del árbol.

Imagino los días como cajas transparentes. Las horas también son cajas, luminosas solo en su exterior. Hay que superar ciertos obstáculos. Pienso que desde hace días casi no hablo con nadie. Solo intercambios cortos con las empleadas de los negocios, del metro, del supermercado.

Cuando abro mis mails, tengo una catarata de mensajes de Lucy y la expolitécnica. La expolitécnica me da la bienvenida. Me invita a un cóctel para nuevos estudiantes y a un curso introductorio sobre el uso de la biblioteca. Paso un mensaje tras otro. Los correos están mal escritos. Llenos de errores de tipeo y algunos ortográficos. Y ahora agradezco que papá se haya muerto tantos años atrás. Si papá viviese, tal vez un nuevo infarto lo mataría producto de la desilusión. Como consecuencia del fracaso completo, profundo, indignante, de la hija.

Vuelvo a mis notas. Abro el documento y mis manos transpiran. Todo es basura. Basura. Basura. Es una vergüenza. Notas completamente fallidas. Que va a llevarme siglos rectificar. Mi cabeza, mis brazos, mis piernas se aflojan, se desovillan. Voy pasando rápido las ochenta páginas. Párrafos apretados, con poco aire. Frases paralíticas, de huesos cortados a serrucho. Abortadas. Leo sin leer, y cuando llego a la última hoja, muerdo la carne del labio, hinco los dientes y los dejo ahí, presionando, rompiendo el herpes que asoma. Es porque me falta voluntad y disciplina que fracaso. Borro el documento, las ochenta hojas. Y por las dudas, también la copia en la papelera de reciclaje. Mi cara se hunde en un pozo. La tarea es simplemente interminable. No tiene fin. No hay fin para este trabajo. Me paro, camino hasta el baño, tomo agua de la canilla y con toda mi fuerza estrello el pie contra el marco. Me inmovilizo. Inhalo. Calculo y vuelvo a estrellarlo. Siento un crujido y una oleada caliente, una alarma ilimitada, algo que se suelta y sube y rodea el pie y la pierna, sube hasta la ingle, la cara y los ojos, y después se expande y me envuelve completa, abraza mi cuerpo, abrigándolo.

En la casa de Anna todo está ordenado. Por una vez la cama está hecha. Hay olor a cloro en la cocina. Me asomo a los distintos cuartos. Recorro la casa, tratando de no mover nada. No consulté con Anna si podía pasar a buscar mis cosas, pero tengo la llave. Camino descalza sobre la alfombra, atenta al dolor que se irradia del dedo chiquito.

Abro el armario bajo la escalera. Corro las raquetas, el colchón inflable. Saco mis valijas. Después, mientras voy en el bus, imagino que Anna vuelve de Japón, vuelve de esas eternas vacaciones, encuentra el armario vacío y me detesta por haberme llevado mis cosas sin avisarle.

Dejo las valijas al lado de la cama. Prendo la ducha. Me veo desnudarme. Mis manos se mueven lejos del torso. Veo mi cuerpo encorvarse en la sombra fría que mana de los azulejos. Dejo correr el agua, me agacho y estudio mi pie. Al dedo chiquito, ahora lo raja una venita oscura, nueva, tal vez lo haya roto. Cuando salgo de la ducha, me paro frente al espejo y me peino el pelo pajoso, sin desenredar. Tiro con fuerza del pelo, las greñas, y por un segundo me parece ver los rasgos de papá en la cara. Algo en las comisuras bajas. La desconfianza en los ojos. La cara de papá despierta y renace en la mía. Y entonces pienso que ahora que envejezco, ahora que mi cara empieza a afinarse, a encogerse, mi cara, como la de todas las mujeres, va a ir a encontrarse con la de su padre muerto.

Empujo las valijas contra el borde del sillón. Abro el cierre y adentro encuentro toda mi ropa perfectamente doblada. Igual a como la dejé. Solo un poco más dura, más fría. Como si hubiera estado en el hielo.

Después de dos días, le escribo a mamá. *Hola, surgió un tema. Cancelaron mi beca de la universidad. Me refiero a la expolitécnica. Sí, yo tampoco lo puedo creer. Es por un problema de fondos que tiene el gobierno de este país. Puedo hacer el posgrado, pero sin beca. Vos me lo tendrías que pagar. Así que no sé si tiene sentido. Me quiero morir.*

Me anticipo a la conversación. Mentalmente, me preparo, aunque no tengo dudas de que mamá va a poder descubrirme. Sin dificultad, mamá va a olfatear la mentira. En la calle, me sorprende el viento, las nubes bajas y negras. Tengo un recuerdo distinto del clima de fines de septiembre. Días soleados, el cielo azul. Miro las vidrieras de algunos negocios y me distraigo jugando con el manojo de llaves que tengo en el bolsillo del tapado. Las voy pasando de un dedo a otro o envuelvo la palma en torno a una llave y aprieto. Hundo las muescas. Es un manojo pesado de llaves. Todas las llaves que aún no fueron devueltas cuelgan del llavero de la Torre Eiffel.

Recibo el llamado de mamá. Mamá dice, *Hola nena, me enteré de la mala noticia.* Como si hubiera sido otra, no yo, quien le avisó. Mamá dice, *Ya ni en los ingleses se puede confiar.* Mamá utiliza sus frases y giros de siempre, pero hay algo raro en su voz. Habla más lento que de costumbre, tarda en responder. Digo, *Sí, un desastre. No sé bien qué habrá pasado, se ve que calcularon mal la plata que tenían. Tal vez por la crisis que no terminó.* Se hace un silencio. Digo, *¿Estás ahí? Sí. Te escucho.* Nerviosa recito las mismas palabras, recorro el mismo trayecto. Me da miedo alejarme y perder el hilo de la mentira. Una y otra vez, repito el breve discurso que preparé. Pero mamá escucha a medias. Por cómo respira, sé que está desconcentrada. Pregunto, *Mamá, ¿me estás escuchando lo que te digo? Sí, lo que pasa es que yo también tengo una mala noticia. Mirta renunció. ¿Qué? Sí, renunció. Se fue. De la nada. Dice que quiere trabajar menos, pasar más tiempo con la familia.* Le digo a mamá que no puedo creerlo. *Después de todos estos años.* Mamá dice, *Sí, es increíble, ¿no?*

Más de veinte años. Y sin avisar. Bueno, así como está, casi ciega, no sé quién va a contratarla. Mamá sigue hablando. Yo escucho. Madre e hija, ella y yo, estamos otra vez en la misma sintonía. Nuestra sintonía del rencor. *Con todo lo que tu padre y yo la ayudamos*, dice mamá. *Y no solo a ella, también a los hijos.* Mirta es una ingrata. Mamá dice, *En fin, me parece ya que tenés que ir pensando en volver a Argentina.* Le digo a mamá que no. *No. No cambiemos de tema.* Quiero que me cuente mejor lo que pasó con Mirta. Mamá insiste, *Yo no te puedo seguir manteniendo. Y ciertamente no en Londres.* Le imploro. Me humillo, *Mamá, solo seis meses. O tres. ¿Qué pueden costarte tres meses?* Pero mamá se niega. Planta los pies. Es inamovible. Mamá quiere de vuelta a su hija, su única hija. Su inversión fallida. Mamá dice con resignación, *Nena, al mal tiempo, buena cara.* Mamá tose, se aclara la garganta y después agrega, *Vos y yo, somos una familia sin suerte.*